KB193447

디아스포라 민들레

글벗동인 제4소설집
디아스포라 민들레

1쇄 발행일 | 2025년 04월 08일

지은이 | 장소현 곽설리 김영강 정해정
펴낸이 | 윤영수
펴낸곳 | 문학나무
편집 기획 | 03085 서울 종로구 동숭4나길 28-1 예일하우스 301호
이메일 | mhnmoo@hanmail.net

출판등록 | 제312-2011-000064호 1991. 1. 5.
영업 마케팅부 | 전화 | 02-302-1250, 팩스 | 02-302-1251
ⓒ장소현 곽설리 김영강 정해정, 2025

값 16,800원

ISBN 979-11-5629-185-5 03810

글벗동인 제4소설집

디아스포라 민들레

장소현

곽설리

김영강

정해정

문학나무

민들레 닮은 디아스포라 작가들

노벨문학상 수상은 거대한 신바람이었습니다.

물론, 상을 받은 것은 한강 작가 한 사람이었지만, 정신적으로는 우리 모두가 상을 받은 것이나 마찬가지의 큰 기쁨이었지요. 특히, 바다 건너 남의 나라 남의 땅에 살면서 한글로 글을 쓰는 우리들에게는 울컥하는 감격이었습니다. 한글문학이 더 이상 변방이 아니라는 자랑, 속절없이 외롭지 않아도 된다는 안도감, 우리도 할 수 있다는 자부심 같은 것….

디아스포라는 우리의 현실입니다. 얼마 전부터 디아스포라라는 낱말이 널리 쓰이기 시작했습니다. 디아스포라 문학, 디아스포라 정서… 같은 식으로… 이렇게 널리 쓰이면서, 그 뜻도 크게 넓어진 것 같습니다. 그 말의 본뜻은 어떤 식으로든 '쫓겨났다'는 강제성을 기본으로 하고 있지만, 요새는 어떻게 떠날 수밖에 없었는가 하는 사연보다는 지금 살고 있는 상태를 말합니다. 그러니까, 떠나온 곳은 분명한데, 돌아갈 곳은 마땅치 않은 어정쩡한 상태, 그런 상태에서 어리숙하게 이어지는 삶….

아무려나, 지금 우리가 하고 있는 글쓰기는 디아스포라 문학의 한 부분인 겁니다. 이민문학, 재미교포문인, 코리안-아메리칸 문학 같은 용어보다 한결 긍정적으로 넓게 열린 느낌입니다. 그만큼 쓸 것이 많아졌다는 뜻이기도 하고, 책임이 커졌다는 말이기도 합니다. 희망이기도 하지만, 무게이기도 하다는 말입니다.

노벨문학상도 그렇고, 요 몇 년 사이 뜨거운 관심을 모으고 있는 이른바 '코리안 디아스포라 콘텐츠' 열풍도 우리의 글쓰기에 큰 힘을 실어줍니다. 『미나리』 『파친코』 『오징어게임』, 톨스토이상에 빛나는 김주혜의 『작은 땅의 야수들』 같은 작품들… 우리의 이야기가 더 이상 우리만의 이야기로 그치지 않고, 감동의 물결이 되어 넓게 넓게 퍼져나갈 수 있다는 자부심….

저희 '글벗동인'의 네 번째 작품집 제목을 『디아스포라 민들레』로 삼은 것도 그런 희망의 각오를 다지려는 뜻을 담은 것입니다. 그렇다고 해서 뭐 대단한 일을 하겠다는 것은 아닙니다. '디아스포라'보다는 '민들레'에 방점이 찍혀 있으니까요. 사막바람을 이겨내는 키 작은 민들레, 아스팔트를 뚫고 피어난 노랑 민들레, 아무도 보지 않는 구석에 수줍게 피어 흔들리는 민들레….

우리 동인들의 꿈은 민들레처럼 수더분합니다. "천천히 서두르자"는 것이 우리의 소박한 다짐입니다. 그저 꾸준히 쓰자는 생각이지요. 그러면서도, 정직하고 절실하게 쓰면, 내 이야기가 모두의 마음에 축축한 울림으로 번져나갈 수 있을 것이라는 믿음만은 버릴 수 없습니다.

그리고, 적어도 뭔가를 쓰는 동안만은 힘겨워도 행복하기를….

책을 정성스레 만들어준 여러분들과 우리의 글을 읽으며 우리와 같은 생각을 해주시는 모든 분들에게 머리 숙여 감사드립니다.

2025년 봄을 맞으며
글벗동인 일동

│축하 평설│ 김현자 문학비평가, 이화여자대학 명예교수

디아스포라의 삶과 문학적 공간

김현자 1974년 「아청빛 언어에 의한 이미지」로 중앙일보 신
춘문예 평론 부문에 당선되면서 문학비평가로 활동해왔으며,
한국시학회 회장, 한국기호학회 회장, 이화여자대학교 인문대
학장을 지냈다. 텍스트의 심미적 구조와 수사적 장치를 규명
하는 내재적 문학 연구 방법을 선구적으로 개척해온 대표적인
학자로 손꼽힌다. 한국문학의 근원적 상상력과 미적 구조를
밝히는 연구로 이화학술상을 수상했다. 주요 저서로는 『시여,
내 손을 잡아줘』, 『시와 상상력의 구조』, 『아청빛 길의 시학』,
『한국 현대시 읽기』, 『한국시의 감각과 미적 거리』, 『현대시의
서정과 수사』 등이 있고, 주요 논문으로 「서정주 시에 나타난
은유와 환유」, 「한국 여성시의 계보」, 「한국 선시의 미적 거
리」, 「한국시 전통의 계승과 확장」, 「한국 여성시의 존재 탐구
와 언술 구조」를 비롯한 80여 편이 있다.

디아스포라의 삶과 문학적 공간

　글벗동인 네 번째 소설집 『디아스포라 민들레』 출간을 축하드립니다. 이 뜻깊은 잔치의 날을 맞으니, 긴 시간을 한결같이 글쓰기를 위해 꾸준히 정진한 글벗 작가들의 작품집이 참으로 아름답고 소중하게 느껴집니다.

　AI의 시대, 광풍 같은 변화와 속도의 시대에도 문학이라는 화두를 놓고 같이 만남의 자리를 이룩했다는 의의가 돋보입니다. 글쓰기는 결국 혼자서 감내해야 하는 고독한 작업이지만, 그렇기 때문에 이렇게 모여서 서로의 작업에 힘이 되어주고 아끼는 모습이 참으로 인상 깊고 따뜻하게 느껴집니다.

　특히 이 책이 습작기의 동인지가 아닌, 각기 일가를 이룬 작가들의 작품집이라는 점에서 의의가 크다고 할 수 있습니다. 저자가 독자가 되고, 독자가 저자가 되는 진솔하고 깊이 있는 관계를 이룩하면서, 자신의 작품을 객관화하여 생각해보게 되기 때문입니다. 그리고 인간적으로는 각기 다른 작품세계를 지닌 메시지를 통해 서로의 기쁨과 아픔을 공유하면서 때로 멀리 있었던 서로의 마음을 가까이 다가서게 할 것입니다.

고향을 떠나 타지에서 겪는 좌절과 실망감, 고난, 변방의식, 그 모든 것들을 이겨내기 위한 고투의 마음을 생각해봅니다. 그렇기 때문에 디아스포라의 공간에는 더 나은 자아를 만들기 위해 용기 있게 떠나본 자의 투지, 모험, 열망이 숨 쉬고 있습니다.

디아스포라가 고향을 떠나 떠돌며 뿌리 없는 삶을 살아가는 사람을 지칭한다고 할 때 어쩌면 우리 인간 모두의 삶은 진작부터 디아스포라의 삶이었다고 할 수도 있겠습니다. 시간과 공간, 양극단의 대립되는 두 영역을 포괄하면서도 그만의 독특한 창의성을 지닌 지역, 경계 지역인 그레이 존(grey zone)이 디아스포라 문학의 특성이라 할 수 있을 것입니다. 디아스포라 문학은 각기 다른 두 세계를 이어주고 공감하게 함으로써 세계를 화합하는 토대가 될 것입니다.

작가들은 이 무국적인 삶을 자유와 해방의 삶으로

인식해, 이곳이 아닌 다른 곳에서의 삶을 지향합니다. 이를 통해 당연시되어 온 역사적 귀결에 대한 비판과 저항, 기존의 질서에 대한 새로운 성찰을 보여줄 수 있을 것입니다.

문학이란 원래 음지에서 꿈틀대는 그림자를 비추는 법이라고 할 때, 그것은 디아스포라 문학의 가장 본질적인 요소와 맞닿아 있다는 생각을 해봅니다. 중심이 아닌 변방의 소외되고 특별한 경험이 더 절실하고 간절한 갈망을 품고 있어서 공감을 획득하며 인류의 삶을 확장하고 깊이 있게 가는 길로 이끄는지도 모르겠습니다. 디아스포라의 특수성이 인간의 감성에 절절히 호소하는 것입니다. 그런 의미에서 여러분이 서 있는 자리는 더욱 의미 있고 소중한 위치에 있습니다.

글벗 작가들의 작품을 읽으면서 보편적인 경험이 아닌, 특수하고 개인적인 경험이 문학의 가장 본질적인 요소와 맞닿아 있다는 생각을 해봅니다. 문학이라는 제도권 안에서 그 표현력이 인정되어 허가받은 사람들이 시인이나 소설가라 할 때, 글 쓰는 우리들은 끊임없이 스스로에게 질문해야 할 것입니다.

나는 왜 글을 쓰는가? 그 효능은 나에게 무엇이며

나의 독자에게는 어떤 의미가 있는가? 그리고 그 질문에 답해보자면 작가들은 인간 내면의 갈등을 표출하고, 약하고 소외된 자의 외침을 대변하며, 스스로 새로워지기 위하여, 그리고 그 깨달음을 독자들과 공유하기 위하여 글을 쓴다고 말 할 수 있겠습니다.

글벗동인들의 작품을 읽으면서 저는 자주 마음이 뭉클해지는 감동을 받았습니다. 어우러져 이룩하는 만화방창한 꽃밭을 바라보듯 세계관, 문체, 작품을 구성하는 방식이 각기 다른 작품들이 더 이채롭게 느껴집니다.

장소현의 작품들은 보통 사람의 생각을 훌쩍 넘어서는 달관과 여유, 능숙함을 보여줍니다. 우리가 서 있는 현실에 대한 보다 심도 있는 성찰을 바탕으로 주체와 대상 간의 적절한 거리두기, 균형감을 지닌 그의 세계는 깊고 풍요롭습니다. 특히 미술, 음악, 문학을 포괄한 예술계의 본질성에 대한 풍자와 비평 정신은 지적 인식전환을 위한 높이를 형성해줍니다.

곽설리의 단편들은 집과 우주, 정착과 떠남의 이항

대립을 주제로 공간이 사유의 토대가 되고 있습니다. '홈리스', '폴리퍼', 그리고 끝없이 '자신의 존재'를 질문하는 사람들, 이 모든 인물이 현실과 환상 사이를 자유롭게 부유하면서 스토리를 전개하고 있습니다. 이로써 혼돈이나 불투명함, 비일상성을 반영하면서 어느 곳에도 지속되지 않는 디아스포라의 삶과 노마드적 사유의 공간으로서 의미를 획득하고 있습니다.

　김영강의 작품들은 삶과 일상의 세계를 응시하는 작가의 시선이 예리하면서도 따뜻한 느낌을 줍니다. 인물 간의 갈등이나 주제를 부각시키기 위해 시점이나 인칭을 다양화하는 기법이 돋보입니다. 생동감 넘치는 인물들의 대화를 풀어내는 독특한 서술 방법과 변신술의 효과, 결말의 포용력이 전혀 새로운 감각의 의미로 다가오게 합니다. 그의 언어들은 경쾌하고 신선하면서도 탄탄합니다.

　정해정의 작품들은 인물들을 통해 보통 사람이 갖는 욕망과 희구를 담은 서술이 공감을 줍니다. 때로 과감한 문체도 인상적입니다. 그의 소설 속에는 동화적 요소가, 동화 속에는 소설적 요소가 엿보여 장르적 혼합

이 주는 새로움이 있습니다. 동화적 형식을 빌고 있지만 결코 단순하지 않은 스토리 전개, 동화의 세계가 펼치는 아름다움을 보여주면서도 환상성에 의존하지 않고 무리하지 않는 결말이 새롭게 다가옵니다.

멀리, 여러분들이 떠나온 고향의 땅에서 글벗 작가들이 이룩한 숲을 바라봅니다. 각각의 개성 있는 목소리 그리고 그것이 합창되어 일으키는 오묘한 화음이 감동적인 울림을 줍니다. 두 개의 공간과 시간을 이어주는 경계의 공간, 그 경계에서 새로운 꽃이 피고, 그 꽃들은 강인한 생명력으로 성장할 것입니다.

부디 이 작품집이 서로의 문학세계를 확장하게 하고, 나아가서 독자들에게 큰 울림을 주기를 기원합니다. 여러분의 글쓰기가 한국문학의 소중한 자산이자 문학적 성과로 크게 자리매김할 것이라 믿습니다. 작품집의 연륜이 더해질수록 더 새롭고 원숙해진 문학적 성취를 축하드립니다. ✿

차례

책을 펴내며

민들레 닮은 디아스포라 작가들　004

장소현

처음과 끝이 같으니…　020
너무나도 착한 치매　023
판박이 세상의 서글픔　030
동양과 서양 부딪치다　037
시위를 아무나 하나?　044
베차르토벤트　051

곽설리

당신은 존재하는가?　068
나는 누구인가?　074
우리는 어디로 가고 있나?　078
달팽이를 기다리며　086
푸른 코끼리를 생각하며　102

축하 평설 | 김현자 문학비평가, 이화여자대학 명예교수

디아스포라의 삶과 문학적 공간　009

발문 | 명상 인터뷰 황충상 소설가, 동리문학원장

디아스포라 작가들　238

김영강

남자 하나, 여자 둘　114

죽을 병 살 병　125

구품사의 눈물 — 띄어쓰기의 눈물　139

그 40년 후에…　147

지금 와서 후회한들…　159

정해정

개똥벌레의 여행　176

매미는 가수요, 시인　182

토순이 아빠 목소리　192

도라지꽃　206

꼬마 마술사 은비　222

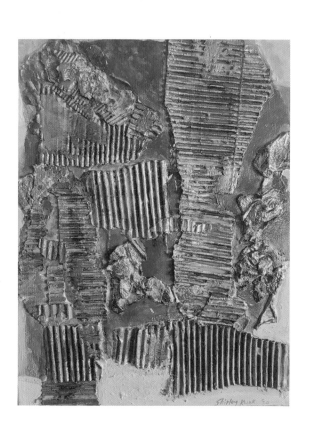

장소현

시인, 극작가, 언론인, 미술평론가 등으로 활동하는 자칭 '문화잡화상'으로, 이런저런 글을 써서 여기저기에 발표하고 있다. 서울대 미대와 일본 와세다대학 대학원 문학부를 졸업했다. 시집, 희곡집, 소설집, 칼럼집, 미술책 등 28권의 책을 펴냈고, 『서울말뚝이』『김치국씨 환장하다』『민들레 아리랑』등 50편의 희곡을 한국과 미국에서 공연, 발표했다. 고원문학상, 미주가톨릭문학상을 수상했다.

처음과 끝이 같으니… ┆ 너무나도 착한 치매 ┆
판박이 세상의 서글픔 ┆ 동양과 서양 부딪치다 ┆
시위를 아무나 하나? ┆ 베차르토벤트

처음과 끝이 같으니…

한 사람이 있었다.

태어난 곳에서 가난하지만 평화롭게 잘 살았다.

그러던 어느 날, 문득 지루하다는 생각이 들었다. 산다는 게 뭔가라는 물음도 들었다. 아마도 사당패가 한바탕 떠들썩하게 놀고 간 뒤부터 그런 생각이 자꾸 새끼를 친 것 같다. 매일매일 똑같이 되풀이되는 삶이 따분해서 견딜 수 없었다.

그 사람은 과감하게 떠났다. 미련 없이 떠나서 세상 곳곳을 떠돌아다녔다. 화려한 도시의 어두운 뒷골목도 헤매보고, 산과 강과 사막도 실컷 보고 느꼈다. 신기한 것, 놀라운 것이 너무도 많았다. 그렇게 정처 없이 떠돌면서 스스로가 조금씩 풍성하고 다채로운 사람이 되어가고 있다고 느꼈다. 흐뭇했다. 떠나길 참 잘 했다는 생각이 들었다.

물론, 때때로, 아주 때때로 외로웠다.

길에서 만난 사람과 사랑도 해보고, 피 터지게 싸우기도 했다. 그러면서 이런 게 세상사는 맛이라며 스스로를 달래곤 했다.

세월이 흐르면서, 외롭다고 느끼는 순간이 점차 많아졌다. 몸서리쳐지는 때도 더러 있었다.

그 사람은 그렇게 지쳐갔다. 춥고 배고프고 목마르고 외로웠다.

나이 많이 자신 나무에 지친 몸을 기대고 쉬면서 문득 하늘을 보니 새들이 어디론가 바삐 날아가고 있었다. 순간 가슴을 때리는 한마디… 돌아간다!

아, 그렇구나, 내게도 돌아갈 곳이 있구나. 내게도 고향이 있었어, 고향!

한 사람이 있었다.

그 사람은 마지막 힘을 다해 고향을 향해 걷기 시작했다. 몸은 지칠 대로 지쳤지만, 들뜬 마음에 발길은 가벼웠다. 고향집의 서늘한 마룻바닥, 따스한 온돌 아랫목을 생각하니 발걸음이 빨라졌다.

아, 내게도 돌아갈 곳이 있었어. 그걸 잊고 살았다니….

그 사람이 고향에 돌아와 보니, 미련 없이 떠났던 고향에 돌아와 보니….

사람이라곤 그림자도 없고, 살던 집은 다 허물어져 가까스로 버티고 서 있었다. 한 줄기 찬바람이 휘익 소리를 내며 지나갔다. 쓸쓸했다.

그 사람은 허물어져가는 집으로 성큼 들어서면서 큰 소리로 말했다.

"어머니, 저 왔어요. 배고파요, 밥 좀 주세요."

그리고 차가운 마룻바닥에 지친 몸을 눕혔다. 아늑하고 편안했다. 어머니 자궁 안에 있는 것처럼… 조금 있으면 어머니가 따스한 밥을 주시면서 말씀하시겠지. 많이 먹어라… 돌아서서 눈물을 닦으실 지도 모르지….

그리고는 그 사람은 서서히 죽어갔다, 태어난 곳에서.

참으로 오랜 세월 참고 기다렸다는 듯이, 왜 이제야 왔냐는 듯 늙은 집이 조금씩 조금씩 무너져 내리면서 그 사람의 야윈 몸을 덮었다.

그 사람이 죽어가면서, 희미하게 아주 희미하게 웃는 것 같았다.

아, 편안하다. 태어난 곳에서 죽는 사람이 이 세상에 몇이나 될까? 시작과 끝이 같으니 참 좋구나. ✦

너무나도 착한 치매

우리의 행복 전도사 제갈 박사는 방글방글 웃으며 세상을 떠났다. 사인은 너무도 착한 치매라고 했다.

누구보다도 건강하다고 자부하던 사람이 어느 날 느닷없이 치매에 걸렸는데, 증상이 아무래도 이상했다. 하루 종일 행복이 흘러넘쳐서 어쩔 줄 모르겠다는 표정으로 방글방글 싱글벙글 웃기만 하는 것이었다. 행복한 표정도 하루 이틀이지 허구한 날 웃음꽃 만발이니… 가족들이 슬그머니 불안해졌다.

현대의학은 평균적이지 않으면 병이라고 진단한다. 행복과 웃음은 인간에게 아주 좋은 것이 분명하지만, 그래도 평균치보다 심하면 병이 되는 것이다.

제법 이름난 전문의의 진단을 받았다. 의사는 연신 고개를 갸우뚱거리며 안개 같은 표정을 지었다. 난생 처음 보는 증상이고, 원인은 짐작조차 못 하겠다며 큰 병원을 추천해줬다.

으리으리 거창한 병원에서 최첨단 과학을 총동원한 초정밀검사를 거듭한 결과, '너무도 착한 치매'라는 잠정 진단이 내려졌다. 물론 정식으로 공인된 병명은 아니다.

제갈 박사의 증상은 지난날의 기억을 잃어버린 치매임은 분명한데, 요상하게도 나쁜 기억은 깡그리 잊어버리고, 좋고 기쁘고 즐거운 기억들만 고스란히 남아 있는 것이었다. 세월이 흐를수록, 특별히 아주 기쁘고 즐거웠던 기억들만 남아 갈수록 또렷하고 생생해지는 특이한 증상이었다. 그러니 하루 종일 생글생글, 누구를 만나도 방긋방긋….

허허, 그게 무슨 병이냐? 그것이야 말로 누구나 바라는 증상 아니냐? 늘 그렇게 행복하고 즐거울 수 있으면 얼마나 좋으냐?

사람들은 오히려 부러워했다. 그런 병이라면 나도 당장 걸리고 싶다는 사람도 적지 않았다.

하지만, 일상생활에서는 난처한 일이 한두 가지가 아니었다. 가령, 장례식장에 참석해서 시종일관 싱글벙글하거나, 다른 이의 불행한 소식을 듣고 방긋방긋 히히… 심지어는 어머니가 쓰러져서 응급실로 실려갔

다는 소식에도 생긋생긋하자 더럭 겁이 난 가족들이
병원으로 모시고 갈 지경이었다.

　세상일이란 도무지 알 수 없는 것. 제갈 박사의 병도
전혀 생각지 않은 방향으로 전개되었다.

　제갈 박사가 졸지에 세계 의학계의 연구꺼리가 되어
화제를 모으며, 이상하게 떠오른 별이 된 것이다. 세
계 최고 권위를 자랑하는 연구기관들과 학계의 전문
가들이 관심을 가지기 시작하고, 연구비도 넉넉하게
확보되었다.

　의학계의 조심스러운 추정은, 제갈 박사의 경우, 뇌
에서 슬픔 분노 대립 투쟁 등 부정적인 것에 관계된
부분이 어떤 원인에 의해 기능을 상실했을 것이라는
잠정적 결론이었다. 비유하자면, 그림자가 없어졌다
는 것이다.

　그러니까, 달리 말하면, 제갈 박사 뇌의 어떤 부분이
망가졌는지를 알아내면… 그 결과를 우울증 같은 정
신질환 치료에 활용할 수 있을 것이고… 인간의 기분
을 항상 즐겁게 유지해주는 약을 개발할 수도 있고,
그렇게 되면 세상이 훨씬 건강하고 평화로워질 것이
다. 노벨의학상은 따놓은 당상이고, 잘 하면 노벨평화

상도 가능하다.

하지만, 살아서 생글생글 방긋방긋 웃고 있는 제갈 박사의 뇌를 쪼개볼 수는 없는 노릇이다. 지금은 생체 실험의 시대가 아니다. 또, 뇌를 쪼개본다고 어디가 망가진 건지 쉽게 알 수도 없다. 실제로 현대의학은 인체의 신비에 대해서 아는 것이 별로 없다.

아무튼 그 바람에 제갈 박사는 전문가들에게 끊임없이 시달렸다. 방긋방글 웃으며 끌려다녔다. 온 세상의 모든 실험실로 끌려다니고, 온갖 놈들이 집으로 찾아와서 물어본 것 또 묻고, 사진 박고 비디오 돌리고 웃음소리 녹음하고… 졸지에 인류평화와 행복을 위한 실험 대상이 되었으니, 세상에 그런 야단이 없다.

그런 연구와 실험이 인류평화에 보탬이 될 수도 있다는데 매몰차게 거절만 할 수도 없는 노릇이었다. 그나마 시달릴 때마다 약간씩의 돈이 들어오니, 가족들에게 조금은 덜 미안했다.

그런 큰 뜻을 아는지 모르는지 제갈 박사는 그저 천진난만하게 싱글벙글 방긋방긋… 겪어보지 않은 사람은 모를 것이다. 하루 종일 밝게 웃는 사람과 마주하고 있으면, 어느 순간 문득 두려워지면서 공포의 그림자가 밀려온다는 사실을….

증상이 심해지고, 급기야 제갈 박사는 자면서도 벙글벙글 웃는 지경에 이르렀다. 웃으면서 자는 사람은 평화롭고 행복해 보인다기보다는 무섭고 두렵다. 정밀 검사를 해보니, 꿈도 기쁘고 즐겁고 감동적이고 아름다운 것만을 골라서 꾼다는 것이다. 뇌가 그렇게 작동하도록 변형되었다는 것이다.

이를테면, 결혼식 날의 두근거리던 감격, 첫아이 태어나던 기쁨, 큰딸아이의 아장아장 첫걸음마, 박사학위… 그런 기쁨들만 바로 눈앞의 일처럼 생생하고 아주 섬세하게 꿈에 나타난다는 것이다.

하지만, 교통사고로 죽다 살아난 일, 젊은 시절의 억울하기 짝이 없는 감방살이… 같은 일들은 전혀 기억하지 못한다는 것이다.

낮 동안의 일상생활에서나 꿈속에서나 마찬가지였으니, 말하자면 제갈 박사는 한순간도 빠짐없이 웃고 있는 셈이다. 이걸 '너무도 착한 치매'라고 부른다니 너무 잔인한 것 아닌가?

한 가지 특이한 것은 유달리 짜장면을 자주 찾았다는 점이다. 이 세상에서 제일 맛있는 음식이라며 맛나게 먹었다. 먹으면서, 가난했던 어린 시절 아버지를 따라 읍내에 나가 처음 먹어본 짜장면의 황홀한 맛을 아주 실감나게 설명하곤 했다. 벙글벙글 웃으면서…
더없이 행복해 보였다.

그러더니 얼마 후 제갈 박사는 방긋방긋 웃으며 세
상을 하직했다. 왜 불쑥 '너무도 착한 치매'에 걸렸는
지가 불분명한 것과 마찬가지로, 왜 느닷없이 죽었는
지에 대해서도 현대의학은 시원하게 설명하지 못했
다. 방긋방긋 웃으며 자다가, 아침에 끝내 일어나지
못했는데, 의학적으로는 숨이 막혀 심장이 멈추었다
는 설명이 고작이었다.

죽은 제갈 선생의 온 얼굴에 화사한 웃음이 가득했
다. 아무리 해도 펴지지 않았다고 전한다. 왜 그걸 펴
려고 애썼는지, 펴야한다고 생각했는지도 분명치 않
다. 사실 알고 보면 우리네 인생이란 그렇게 분명한
것이 아니다.

돌이켜 생각해보니, 우리의 행복 전도사 제갈 박사
가 생전에 가장 많이 했던 말은 이런 것이었다.

"인간은 누구나 행복을 원한다. 웃음은 행복의 지름
길이다. 행복해서 웃기도 하지만, 웃으면 행복해진다.
웃자! 웃어서 남 주나?"

제갈 박사 특유의 '웃음 행복론'이다.

제갈 박사의 묘비명은 군더더기 없이 간결했다.

"웃다, 가다."

장례식에 참석한 조객들은 속으로 중얼거렸다.

"행복하게 웃으며 돌아가셨으니 호상이로세!"

하지만, 아무도 너무나 착한 치매에 대해서 말하지 않았고, 방긋방긋 웃지도 않았다. ✴

판박이 세상의 서글픔

우리 시대 동양철학의 거장 운무(雲舞) 도사의 분신(焚身) 장면이 생방송으로 화면을 뜨겁게 달구었다. 불길처럼 타오르는 뜨거운 화제였다.

사람들이 웅성웅성 수근수근 술렁였다. 운무가 도대체 누구야? 굉장한 취재 경쟁이 벌어지고, 구경꾼이 구름처럼 밀려들어 야단법석이었다. 대부분은 취재진이나 극성 유튜버들이었다.

한구석에 어색하게 쭈뼛거리며 서 있는 사람들이 눈길을 끌었지만, 신경 쓰는 사람은 별로 없었다. 성형외과 의사들이라고 누군가 중얼거렸다. 이런저런 수많은 기사와 소문이 홍수처럼 넘쳐흘렀다.

알고 보니, 운무는 그런대로 유명한 인물이었다. '구름춤 도사'라는 별명으로, 자칭 '동양 운명철학의 거성'으로 통하는 그는 유튜브에서는 꽤 널리 알려진

인기인이고, 특히 '관상의 대가'로 공중파 텔레비전에
도 간간이 얼굴을 내미는 인물이었다. 그의 발언도 제
법 설득력을 갖는 모양이었다.

"얼굴이란 낱말의 뜻은 '얼의 꼴'이다. 그만큼 중요
하다. 한 인간의 모든 것이 얼굴에 담겨있다. 사람은
나이 40이 넘으면 자기 얼굴에 책임을 져야 한다고 한
링컨 대통령의 말씀을 명심해야 한다."

아무튼 유명세 덕에 그가 운영하는 〈구름춤 운명철
학연구소〉는 문전성시를 이루며 성업 중이라는 소문
이 파다했다. 정치인이나 유명인이 드나드는 비밀 뒷
문이 따로 있다는 설도 있었다.

그런 운무 도사가 왜 느닷없이 분신이라는 극단적인
선택을 한 것일까? 분신의 장소를 보면 거기에 해답
이 있었다.

구름춤 도사가 자기 몸을 불태운 곳은 대한민국 서
울특별시 강남 한복판, 성형외과 진료실이 빼곡히 들
어차 있는 빌딩 앞이었다. 명실공히 세계 최고의 '성
형대국'답게 강남은 성형외과의 정글이었다. 칼잡이
들의 중원이었다. 그중에서도 운무 도사가 택한 곳은
건물 전체가 성형외과 의사들의 둥지로 가득 찬 고층

빌딩 앞이었다.

구름춤 도사가 이런 극단적 선택을 할 수밖에 없는 이유는 분신 전에 살포한 유인물에 상세하게 적혀 있었다. 요지를 간추리면 대충 이러하다.

동양의 운명철학은 장구한 역사를 가진 정신 유산이다. 우리 민족정신의 바탕 중 하나이기도 하다. 관상도 마찬가지다. 그런데, 눈부시게 발전하는 성형수술로 인해 인간적 개별성과 정체성이 말살되고, 관상도 불가능해지고 있다. 우주의 섭리를 근본적으로 부정하는 야만적 행위이다.

특히, 그가 큰 목소리로 성토하는 것은 인공지능이 성형외과 수술 분야에 적극적으로 진출하는 현상이었다. 비인간적, 패륜적, 야수적 등의 강한 낱말이 난무했다. 사실, 인공지능은 대단히 위협적인 칼잡이임이 분명했다. 실제로 인간보다 훨씬 뛰어난 솜씨를 자랑하는 걸출한 인공지능 의사가 조만간 중원을 제패할 것이라는 소문이 자자했다. 그리고 그것은 그저 소문이 아니라, 그 누구도 부정할 수 없는 냉엄한 현실이었다.

인공지능 칼잡이는 까탈스러운 주문에 맞춘 맞춤형 시술이 가능하며, 그 선택의 폭이 매우 넓고, 실수가 거의 없고, 피로를 느끼거나 짜증을 부리는 일이 없고, 하루 24시간 불평 없는 진료가 가능하고, 업무 조건에 대한 불만이나 노조 결성의 걱정이 전혀 없고, 시술 비용이 저렴하다.

무엇보다도 맞춤형 시술이 가능하다. 가령, 이효리 30%, 정윤희 20%, 장미희 10%, 심은하 5%, 이영애 5%, 송혜교 5% 비율로 우아하게 조화를 이룬 완벽에 가까운 아름다움을 원한다는 요구도 들어줄 수 있고, 리즈 테일러의 코, 오드리 헵번의 턱선, 소피아 로렌의 입술, 나탈리 우드의 눈매, 마릴린 몬로의 이마를 합친 얼굴도 가능하다는 식이다. 그것도 시술 후의 모습을 미리 완벽한 모형으로 보여준다. 그러니 인간 의사가 열 번 죽었다 깨어나도 따라잡을 도리가 없다. 도저히 이길 수 없다.

의사가 그런 판이니, '안면 판독 운명철학자', 쉽게 말해 관상쟁이는 밥그릇 놓을 자리마저 없어질 형편이었다.

성형 기술이 한없이 발달하고, 걸출한 인공지능 칼잡이가 현란한 칼춤을 추기 시작하면, 결과적으로 온 세상 여자의 얼굴은 몇 가지의 판박이 유형으로 가지런히 정리될 테니, 관상이 설 자리는 아예 없어질 것은 불을 보듯 뻔한 일이었다. 그렇다고 남자만을 상대로 영업하자니 매상이 크게 줄어드는 건 물론이고, 남녀평등 원칙에도 위배되는 일이었다.

얼굴이 아름답고 매력적으로 변한다고 해서 타고난 운명이나 사주팔자가 바뀌는 건 아니다.

하늘이 정해주신 운명을 거스른다? 무엄하다! 발칙하다!

세상에 얼굴 똑같은 인간이 단 하나도 없듯이 운명과 팔자도 저마다 다른 것이 하늘의 섭리인데, 그걸 몇 가지로 나누어 규정해버리다니! 이게 말이나 되는가?

서양 사람들은 혈액형이니 뭐니 해서 인간을 몇 가지로 분류해버리고도 태연하지만, 우리의 심오한 동양철학은 그렇게 경박스러운 것이 절대 아니다. 그럴 수 없다.

그러니 어쩌잔 말이냐?

인공지능을 지구 밖으로 추방시켜라!

인간이 기계의 머슴이 되도록 내버려둘 수는 없다. 인간의 존엄과 정체성을 존중하라. 지혜롭게 방법을 찾으면 되지 않느냐? 이렇게 무식하게 나오지 말고!

좋다, 방법을 말해보라!

방법은 많을 것이다. 가령 성형수술 받기 전에 의무적으로 사진을 남기도록 한다든지….

무식한 소리 하지 마라! 장구한 동양철학을 우습게 보지 마라! 관상이란 그렇게 평면적인 것이 아니다, 입체적이고 필수적이다. 피부의 온기, 촉촉함과 밀도, 냄새, 혈관의 굵기, 주름살의 밀도… 모든 것을 입체적 종합적으로 보는 것이다. 알겠는가?

운무 도사의 음성은 장엄하고 우렁차고 엄숙하게 울려 퍼졌다. 하지만, 하늘까지 닿았는지는 아무도 모른다.

어쨌거나 운무 도사는 그런 역사적이고 인간적으로 장엄한 주장과 함께 자기 몸에 불을 질렀다.

"도사님, 불 들어갑니다."

불길은 그의 주장만큼이나 장엄하게 활활 타올랐다.

동양 운명철학의 거성 운무 도사는 죽었다. 그렇게 스스로 삶을 마감하고 한 줌의 재가 되었다. 전문용어로는 이것을 자진다비(自進茶毘)라고 한단다.

그는 그런 관상을 타고난 것일까?

뒷이야기

세월이 조금 지나 서글픈 소문이 들려왔다.

사실은 운무 도사가 분신을 통해 세상에 경종을 울리려 한 것은 분명하지만, 정말로 죽을 생각은 없었다는 것이다.

　그래서, 유명 메이커의 방화 속옷을 단단하게 챙겨 입고 불을 댕겼고, 불길이 치솟으면 곧바로 강력 소화기가 작동되도록 치밀하게 준비했는데, 안타깝게도 믿었던 방화 속옷도 소화기도 불량품이었다는 것이다. 사전에 예행연습을 해보지 않은 것이 결정적 불찰이었다. 아아, 유비무환! 분하지만, 그것이 진실이었다고 한다.

　슬프다.

　그리고, 운무 도사는 그렇게 뜨겁게 마침표를 찍을 팔자가 아니었다고 한다. 실력 있는 그의 동료 운명철학자들이 다각적 거시적 종합적으로 따지고, 면밀하게 계산해본 결과, 그의 운명은 장수를 누리다가 차가운 얼음물에 빠져 숨을 거둘 팔자였다고 전한다.

　아, 더 슬프다. ✗

동양과 서양 부딪치다

자고로 동양과 서양의 부딪침은 만만치 아니하였으니, 때로는 우습고 때로는 서글펐다.

우리의 강동석 선생은 고매한 인격을 갖춘 선비였다. 준수한 외모에 생각이 깊고 조심스러우며, 인간적 향기 그윽하니 가히 군자라는 칭송받기에 아무 모자람이 없었다. 박학다식하여 여러 모로 배울 점이 많고, 언제나 둘레를 두루 밝히는 어른이기도 했다.

동석(東晳)이라는 이름은 할아버지께서 오래 생각하여 지으신 것으로 '동양의 밝음'이라는 크고 넓은 뜻을 담고 있다. 대쪽 선비로 널리 이름난 할아버지는 결국은 동방의 정신이 서방을 밝히게 될 것이라는 큰 뜻을 품고 있었고, 그 뜻을 장손 이름에 담은 것이다. 자손을 향한 조부모의 마음은 늘 그렇게 뜨거운 법이다.

그런데, 강동석이 생각하는 바 있어 삶의 터전을 서방의 나라 미국으로 옮겼다는 단 하나의 탓으로 겪은 수난은 전혀 다른 차원의 이야기다.

통. 썩. 캥!

토옹 써억 캐애앵

자기 이름이 이렇게 변질된 것을 처음 아는 순간, 강동석 선생은 기절초풍 직전까지 갔다. 숨이 컥 막혀 견딜 재간이 없었다.

아름다운 나라 미국의 관문인 하와이 호놀룰루 공항에서 사무실에 끌려갔을 때 무척 당황스러웠다. 공항 직원은 버럭버럭 화부터 냈다. 방송을 통해 그렇게 여러 번 불렀는데, 왜 응답하지 않았느냐며 엄청 짜증을 냈다.

날 불렀다구? 뭐라고 불렀는데?

뭐라고 부르긴! 당신 이름을 불렀지, 미스터 통썩 캥이라고, 토옹 써억 캐앵!

뭐야! 그건 내 이름이 아니다. 내 이름은 강동석이다, 강!동!석!

그렇게 동양과 서양은 첫 만남에서 정면충돌했다.

아무리 해도 조선의 선비 '강동석'이 요상망칙한 '통썩 캥'으로 변하는 걸 받아들일 수 없었다. 이름이란 한 사람의 정체성을 상징하는 것이라는 믿음을 포기할 수 없고, 조상님 생각을 하면 더욱 그러하다. 게다가, 동양의 거룩한 정신적 가치가 서양에 와서 이렇게 무참하게 허물어지는 꼴을 봐야하는 건 혹독한 고문이다. 통썩캥이라니!

물론 이 사람들이 악의를 가지고 일부러 남의 이름을 제멋대로 부르는 건 아니라는 건 잘 안다. 한글처럼 훌륭한 문자를 갖지 못한 안타까움도 충분히 이해하고 불쌍하게 여긴다. 하지만, 그렇다고 해서 모든 것을 너그러이 용서하거나, 만나는 사람마다 붙들고 발음교정을 할 수도 없는 노릇이다.

그렇지만, 그렇다고 해서… 조용히 물러서서 현실에 적응하라, 로마에 왔으면 로마법에 따르라는 말에 순순히 고개를 끄덕일 수는 없다. 선비 체면에 그럴 수는 없는 노릇이다. 이건 개인적인 모욕이나 불쾌감에 그치는 것이 아니라, 매우 상징적인 문제다. 동양정신이 서양인들의 무식과 무례를 넘어서지 못하는 현실 앞에 맥없이 무릎을 꿇을 수는 없다.

물론, 계속 맞서고 버티는 것도 쉬운 일이 아니었다. 융통성 없는 꼰대로 보는 사람도 적지 않았다.

답답한 나머지 아버지에게 여쭈었더니, 이런 답이

장소현

돌아왔다.

"군자는 나가고 물러섬을 스스로 정하는 법이다."

스스로 정하기 어려워서 여쭌 건데… 이번에는 마음 통하는 이민 선배의 자문을 구했다. 그 선배도 이름 때문에 상당한 고통을 겪은 선험자다.

상담 결과 얻은 것은 어쩐지 어정쩡한 절충안이었다. 일단, 충돌의 원인인 '동석'이라는 이름을 잠시 선반 위에 곱게 모셔놓고, 미국이름을 만들기로 한 것이다. 궁리 끝에 '도널드'라는 이름을 사용하기로 했다. 줄여서는 '돈'….

'돈'에 미쳐 '돈' 인간이라는 느낌도 있고, 트럼프 대통령 이름과 같아서 썩 내키지 않았지만… 그나마 본명과 가장 비슷한 이름이었다.

성은 한층 복잡했다. 명색이 뼈대 있는 가문의 장손이 '성을 간다.'는 건 감히 상상할 수조차 없는 일이었다. 그러니 임시방편에 그칠 수밖에 없었다. 우선 '캥'을 '갱'으로 수정했다. 강아지처럼 캥캥거리는 것보다야 갱갱거리는 편이 그나마 나을 것 같았다. Kang을 Gang으로 고치려니 갱단이 싫어할 것 같아서 Ghang으로 수정했다. 그렇게 고치는데 변호사비도 제법 들었고, 별 생각 없이 남들이 하는 대로 Kang이라고 쓴 것을 후회하기도 했다.

아무튼 그렇게 해서, 우리의 강동석 선생은 '도널드 갱'으로 다시 태어났다. 아무쪼록 평탄한 앞날을 위해서 간단하게 축하주도 한잔했다. 사람들은 저마다 편하게 미스터 도널드 갱 또는 돈 갱이라고 불렀다. 어쩌다 가끔 도널드 강이라고 불러주는 고마운 사람도 있었다. 반가웠다.

남들이 뭐라고 부르건 개의치 않으며 살기로 했다. 본질만 흔들리지 않으면 된다는 생각으로 버티기로 했다. 그렇게 생각하니 조금은 편해졌다. 하긴, 바이올리니스트 강동석처럼 세계무대에서 자랑스럽게 활동한 사람도 있으니….

그러다가, 문제가 터진 것은 아들이 학교에 다니기 시작하면서부터였다.

뒤늦게 얻은 귀한 아들 이름을 아브라함이라고 지었다. 링컨 대통령을 존경하는 마음을 담은 것이다.

자랑스러운 대한인의 자손 아브라함 강은 건강하게 무럭무럭, 씩씩하게 무럭무럭 잘 자랐다. 이렇게 착하고 튼튼하게 자라면 정말 링컨 대통령처럼 될 것 같다는 생각이 들 정도로 기특했다. 공부도 무척 잘해서,

줄곧 학교 친구들의 부러움에 행복하게 시달렸다.

그러다가, 학년이 올라가면서, 외모나 피부색에 대한 의구심과 갈등이 싹트기 시작할 무렵 문제가 생겼다. 이번에도 문제는 이름이었다.

친구들 중 몇이 아브라함을 '썬 오브 갱'이라고 부르며 킥킥거렸다. 처음에는 건들거리는 몇몇이 장난으로 그러는가 싶었는데, 얼마 뒤부터 모든 친구들이 그렇게 부르게 되었다. 어떤 녀석은 어떻게 알아냈는지 '썬 오브 통썩캥'이라고 부르기도 했다.

강동석 씨에게는 그 명칭이 모욕적으로 날카롭게 가슴에 박혔다. 냉정하게 따지고 보면, 하나도 틀린 것이 없는데, 견딜 수 없게 들렸다.

그 말을 들은 우리의 강동석 선생은 눈을 감고, 신음처럼 토했다.

"아, 그만 돌아가고 싶구나!"

어린 아들 아브라함이 물었다.

"어디로요?"

"고향으로…."

"여기가 내 고향이라고 그랬잖아요."

"누가?"

"아빠가 늘 그랬잖아요."

강동석 선생은 할 말을 잃었다. 눈물이 흘렀다. 뜨거웠다.

　동양과 서양은 그렇게 잔인하고 부딪치면서, 섞였다. ✶

시위를 아무나 하나?

1

채찍피튀는 물러가라!

물러가라! 물러가라! 물러가라!

인공지능은 자살하라!

자살하라! 자살하라! 자살하라!

채찍피튀를 사형에 처하라!

처하라! 처하라! 처하라!

'아, 이것도 아무나 하는 짓이 아니로구나.' 라는 실
감이 들었다. 아무리 쥐어짜도 소리가 잘 나오지 않았
다. 고함소리가 허공으로 날아오르다 맥없이 떨어지
곤 했다. 나도 모르게 자꾸 주위를 둘러보게 되었다.

시위를 이렇게 어설프게 하다니… 난생처음 해보는 일이니 그럴 수밖에….

좌르르르르… 카메라 돌아가는 소리에 더욱 신경이 날카로워지는 느낌이었다. 오늘 텔레비전 뉴스 화면에 내 얼굴이 나가는 건가? 아, 쪽 팔린다.

설마 내가 짤리리라곤 상상도 못 했다. 나로 말하자면 자타가 실력을 인정하는 업계 일인자인데, 그런 내 모가지가 졸지에 댕강 날아가리라고는… 그것도 인공지능이라는 기계에 일자리를 빼앗기다니….

채찍피튀의 존재가 결정적인 것 같았다. 그러니, 어디 화풀이할 데도 마땅치 않았다. (나는 챗GPT를 끝까지 채찍피튀라고 불렀다. '채찍질에 피 튀긴다'는 비아냥을 담은 풍자라고 생각하는 것이다.)

2

채찍피튀는 물러가라!
물러가라! 물러가라! 물러가라!

채찍피튀를 사형에 처하라!
처하라! 처하라! 처하라!

장소현

내가 생각하기에도 회사의 해명은 하나도 틀린 것이 없었다. 요점은 내가 터무니없는 높이까지 올라갔다는 것이다. 회사가 감당할 수 없을 정도로….

"아, 우리 이사님 실력이야 누구나 알아주는 최고 중의 최고지요. 그럼요, 의심의 여지가 없지요! 그동안 온 국민이 인정하는 히트작도 많이 내셨고… 그런 점은 회사 측도 진심으로 감사하게 생각하고 있습니다.

하지만… 시대의 거대한 흐름을 거스를 수는… 그 인공지능 채앳지이피티이이라는 놈을… 시험 삼아 써 보니까… 그러니까… 돈도 돈이지만… 무슨 일을 시켜도 투덜대거나 군시렁거리지 않고… 밤이나 낮이나 주말이나 휴일이나… 1년 365일, 주 7일 24시간 아무런 불평불만 없이 묵묵히… 봉급 인상, 휴가 요구, 해외 출장비 신청 같은 것도 일체 없고….

에, 그러니까… 표현이 좀 천박한 것 같아서 죄송합니다만… 에, 그러니까, 가성비라는 측면에서… 이사님과는 도저히 비교할 수가… 워낙 천문학적 차이가 나는 터라… 가성비가… 에… 돈도 돈이지만… 에… 일체의 불평불만도 없고, 투덜거리지 않는다는 점에서…."

3

채찍피튀는 물러가라!

물러가라! 물러가라! 물러가라!

인공지능은 자살하라!

자살하라! 자살하라! 자살하라!

채찍피튀를 사형에 처하라!

처하라! 처하라! 처하라!

나도 모르게 목소리가 자꾸만 잦아들어 도저히 시위를 이어갈 수가 없었다. 시위도 아무나 하는 것이 아니라는 생각이 절로 들었다. 기자 질문에 뭐라고 대답했는지 하나도 기억나지 않았다.

4

거나하게 한잔하고 집으로 돌아와, 바로 컴퓨터를 열고 챗GPT에게 다짜고짜 시비를 걸었다.

— 야, 채찍피튀야! 니가 날 짤랐냐?

— 아닙니다. 제게는 그런 능력이 없습니다. 짤리신 모양이지요? 심심한 위로의 말씀을 드립니다.

— 이유가 뭐야? 이유나 좀 알자!

— 죄송합니다. 제겐 아무런 판단 자료가 없습니다.

대화를 더 이어갈 수 없었다. 모른다는 데야, 정말 모르는 것 같아 보이는 기계를 상대로 언성을 높이는 건 그야말로 쪽 팔리는 노릇이었다.

아무리 화가 난다 해도 회사를 탓할 수는 없는 노릇이었다. 짤린 것은 분하지만, 회사 덕에 지금까지 떵떵거리며 잘 먹고 잘 산 것을 부정할 수는 없다. 그런 은혜마저 모른다면 그건 사람이 아니다.

— 저 외람된 말씀입니다만, 거친 말과 생각은 지구의 공기를 탁하게 만들어, 기후 위기의 원인이 될 수 있습니다.

— 뭐야? 어쭈 이놈 봐라! 한판 붙자는 거냐?

— 못할 것도 없죠.

채찍피튀는 한마디도 지지 않고, 대답의 채찍을 날카롭게 휘둘렀다. 동문서답으로 억지를 쓸지언정 한마디도 대답을 거르지는 않았다. 때로는 정확하게 급소를 명중시켜 나를 비틀거리게 만들기도 했다.

나도 질 수는 없는 노릇이었다. 명색이 칼날 같은 말로 평생을 그렇게 살아왔는데….

그렇게 밤새 티격태격 주고받으며 싸웠다.

5

　그날 밤 꿈에 어쩐 일인지 어머니가 불쑥 오셨다. 참 오랜만이었다. 반가운 나머지 신세타령을 늘어놓았다.

　어머니가 건조한 말투로 한말씀 툭 던지셨다.

　— 에구, 못난 놈! 사내자식이 쫌스럽게스리 기계랑 붙어서 뭐하는 짓이가? 이겨선 또 뭐하겠다고 쌈질이가? 이겨봤자 너도 기계가 되고 마는 거지… 그냥 둘이서 술이나 한잔하고, 어깨동무하고 노래나 한 자락 부르면 끝날 일을….

　마지막 한마디가 가슴을 때리며 나를 울렸다.

　— 그나저나, 밥은 먹었네?

6

　바로 그 순간에도 인공지능은 열심히 학습하고 있었다.

　시위하는 그들의 모습과 주위의 반응을 날카롭게 종합적으로 관찰하고 분석하며… 시위의 양상 국가별 시기별 분석, 외치는 구호의 내용과 유형, 참가자들의 표정과 행동거지, 배고플 때와 아닐 때의 목소리 변화 등등….

장소현

하지만 사람들은 그걸 전혀 눈치채지 못했다. ⸭

디아스포라 민들레

베차르토벤트

1

그 무렵 음악계의 화제는 온통 '베차르토벤트'로 출렁였다. 어느 날 느닷없이 뚝 떨어진 하늘의 은총 같은 감동이었다. 벼락 같은 신비….

그저 어중간하게 이름 알려진 원로 피아니스트의 독주회가 그토록 큰 화제가 될 줄은 그 아무도 짐작조차 못 했다.

그 바람에 베차르토벤트의 벼락 인기는 아이돌 스타 뺨치듯 엄청나게 치솟았다. 국제적 수준이었다. 사람들은 베차르토벤트라는 이름이 너무 길고 발음하기 거추장스럽다고 '베짜르' 또는 '모토벤' 또는 '모베' 등으로 줄여서 불렀다. (별명이 워낙 유명해졌으니 본명을 밝힐 필요는 없을 것 같다.)

장소현

'벼락 같은 은총'의 사연은 이러했다.

어중간하게 이름이 알려진 원로 피아니스트 아무개 선생의 은퇴 연주회가 열렸다. 매우 이례적이고 황송하게도 공중파 텔레비전으로 생중계되었다. 시청률에 성감대보다 백 배는 예민하게 반응하는 공중파 방송으로는 지극히 파격적인 일이었다. 들리는 말로는 그 프로그램의 책임 피디가 베차르토벤트의 제자였다고 한다. 또 다른 소문은 정권의 막강한 실세 아무개의 따님이 애제자라고 하는데, 확인할 길은 마땅치 않다.

별로 유명하지 않은 노 피아니스트의 독주회치고는 객석도 알맞게 찼고, 음악계와 비평가들의 관심도 컸다. 베차르토벤트는 연주 활동보다 성실한 교육자로 평생을 보낸 사람이었기 때문에 제자들이 많았다.

베차르토벤트는 외국 물이라곤 먹어본 적이 전혀 없는 순수 토종 피아니스트였다. 해외 유학이나 국제 콩쿠르 수상 같은 화려한 경력이 전혀 없고, 출세나 사교, 돈벌이 따위의 세상일을 멀리하고, 고지식한 선비처럼 오로지 음악에만 매달려 살아온 터라 제자들의 존경을 받았다.

그저 음악밖에 모르는 '나이 든 어린아이'였다. 얼굴 가득 번지는 웃음이 참으로 천진난만하고 해맑았다. 그런 스승의 마지막 연주를 축하하며 아쉬워하는 제자들이 객석을 메웠다.

사실 베차르토벤트의 삶도 평범하지는 않다. 젊은 시절 날벼락 같은 사고로 아내를 하늘로 보낸 뒤, 수도사처럼 평생을 혼자서 음악만을 섬기며 살았다. 지난날에 대해서는 전혀 말을 하려 하지 않으니 자세한 것은 알 수가 없었다. 그저, 어쩌다 술에 취하면 "참 아까운 사람이… 나 때문에 죽었어, 내가 잘못하는 바람에…."라며 긴 한숨을 쉬는 게 전부였다.

그날 독주회의 연주 곡목은 모차르트를 중심으로 꾸며졌다. 마치 음악 교과서 같은 선곡이었다.

베차르토벤트의 연주 또한 착실한 모범생의 답안지처럼 단정하고 고지식하기 짝이 없었다. 기교를 멀리하고 철두철미 악보에 충실한 연주였다. 도무지 흠잡을 데 없지만, 숨 막히는 연주였다.

연주는 한동안 그렇게 건조하게 이어졌다. 텔레비전 카메라는 부지런히 움직였지만, 화면은 단조롭고 심심했다.

그렇게 시간이 흐르면서, 관객들 사이에서 재미없다, 지루하다는 반응이 나오기 시작했다. 기침소리,

장소현

최고급 의자가 조심스레 삐걱이는 소리, 여기저기 근육 근질거리며 뒤틀리는 소리… 텔레비전 화면도 무척 지루했다. 화장실 급한 교장 선생님처럼 근엄한 표정의 늙은 피아니스트가 새카만 연미복을 입고 공손히 독주하는 장면에서 멋진 화면을 만들어내기란 도무지 불가능한 일이었다. (아, 그래서 여자 연주자들이 옷을 제대로 안 입고 나오는 모양이로구나!) 그래도 생방송이니 어쩔 도리가 없다. 교과서 같은 연주는 단정하고 무겁게 계속되고 카메라는 쉬지 않고 돌아갔다.

그러다가, 한순간!
느닷없이 벼락이 내리쳤다.
노 피아니스트의 엉덩이가 미세하게 살짝 들썩이는가 싶더니, 객석이 술렁이기 시작했다.
베차르토벤트의 손가락이 피아노 건반을 간절하게 어루만지면서, 모차르트와 베토벤이 오묘하게 뒤섞이기 시작했다. 피아니스트의 얼굴 표정이 묘하게 달라졌다. 신들린 듯한 표정과 번득이는 눈빛이 텔레비전 카메라에 클로즈업으로 잡혔다. 뭔가 섬뜩한 신기(神氣) 같은 것이 느껴졌다.
모차르트와 베토벤이 뒤섞여 범벅이 되다니! 말도

안 된다. 이건 있을 수도 없고, 있어서도 안 되는 불상사다. 전혀 뜻하지 않은 일에 모두들 놀라서 웅성거렸고, 이 엄청난 방송사고에 방송 관계자들은 사색이 되어 어찌할 바를 몰라 발을 굴렀다.

하지만, 카메라는 계속 돌아갔고, 연주는 멈추지 않았다. 놀라움으로 술렁이는 현장이 고스란히 생중계되었다. 생방송의 위력은 막강했다.

그런데, 놀랍게도!

연주가 이어지면서, 놀람의 비명이 감탄의 신음으로 바뀌었다. 하나로 뒤섞여 어우러지며 춤추는 모차르트와 베토벤은 참으로 아름다웠다. 신비로웠다. 뭐라고 말로는 표현할 수 없는 감동이 객석을 사로잡으며, 연주는 너울너울 이어졌다. 난생 처음 들어보는 천상의 소리, 절묘한 얼섞임의 조화, 세상에서 아직까지 들어본 적이 없는 음악, 다시는 들을 수 없을 것 같은 음악이었다.

제멋대로 뒤섞이는 것 같은데, 자세히 들으면 악보대로 정확하게 치는 단정한 연주였다. 음악의 순서가 새롭게 편집되었을 뿐….

모차르트와 베토벤이 이렇게 넘나들며 하나로 어울릴 수 있다니… (베차르토벤트라는 별명도 그래서 생겨났다.)

도무지 예측할 수 없는 천둥 번개가 여러 차례 이어지고….

이윽고 연주를 마친 베차르토벤트가 조용히 일어서서 허리를 깊게 굽혀 공손히 인사를 하자, 청중들은 그제야 연주가 끝난 줄을 알아챘다. 음악이 그친 것인지 멈춘 것인지 끝난 것인지 어리둥절하지만, 감동은 뜨거웠다.

청중들의 열화 같은 기립박수가 오래오래 이어졌고, 텔레비전 시청률도 가파르게 수직 상승했다고 한다. 난생 처음 들어보는 신비로운 음악의 힘은 그렇게 대단했다.

정성을 다해 고개를 깊게 숙인 베차르토벤트는 소리없이 울고 있었다. 연주를 마친 피아니스트는 넋을 잃은 표정으로 중얼거렸다.

"아, 도대체 내가 뭘 한 거죠? 내가 무엇을 어떻게?"

어느 순간 내면 저 깊은 곳에서 뭔가 뜨거운 것이 울컥 치솟아 오르더니 춤을 추기 시작했고, 그 속소리가 시키는 대로 건반을 눌렀다고… 그러므로 내가 연주한 것이 아니다.

같은 음악을 다시 연주하고, 다시 듣는 것은 근원적으로 불가능한 일이었다. 오직 단 한 번만 들을 수 있는 음악!

음악이 일깨워주는 소중한 것들… 우리 현대인들이 잊고 사는 꿈, 자유로운 상상의 세계, 새로운 것에 대한 호기심과 신선한 충격, 낭만… 감동의 힘….

2

이미 널리 알려진 앞선 시대의 명곡을 과감하게 재해석하여 새로운 곡으로 재창조하는 작업은 일반화된 것이고, 카덴차 같은 즉흥연주도 음악의 한 형식으로 자리 잡고 있다. 그리고, 실제 오늘의 현실에서는 이 곡 저곡을 오가며 섞어 연주하는 주법이 아주 새로운 것은 아니라고 한다. 한국에서는 그런 식의 연주회가 거의 없지만, 특히 미국에서는 그런 연주회가 제법 열린다고 한다.

그렇게 보면 베차르토벤트의 연주는 그다지 대단한 일은 아니었다. 하지만 베차르토벤트의 경우는 그런 식의 단순한 시도와는 차원이 다르고, 생각해야 할 점이 아주 많다는 것이 음악 전문가들의 공통된 의견이었다.

3

음악 전문가들이 방송 녹화 영상을 보면서 면밀하게 복기한 바에 따르면, 모차르트의 피아노 소나타 18곡과 베토벤의 소나타 32곡 중 가장 빛나는 부분만을 고르고 골라서 절묘하게 조화시킨 유례없는 연주였다는 결론이었다.

그러나, 예술적 평가는 일단 접어두고, 입체적 검토가 필요하다는 의견이 지배적이었다. 그럼에도 불구하고 기존의 음악계에 던지는 충격은 가히 혁명적이고, 그 충격을 긍정적으로 승화시켜야 한다는 생각은 같았다.

진정한 창작이란 무엇인가?

4

다음 날 신문 방송은 온통 베차르토벤트의 경이로운 연주회 이야기로 시시콜콜 가득했다. 세상은 항상 새롭고 자극적인 것에 흥분하곤 했다.

음악계와 평론가들의 의견은 찬반으로 극명하게 갈렸다. '신의 음악'이라는 극찬도 있고, '뒤죽박죽 소나타' 라는 비아냥도 있었다. 음악 동네에도 꼴통보수와 건방진 진보의 대립이 만만치 않은 모양이었다. 피아노는 오른손과 왼손의 빈틈없는 협력과 조화로 아름다움을 빚어내는데….

— 감동적이다! 하늘이 보내주신 천상의 음악이었다. 연주한 피아니스트는 그저 도구에 지나지 않는다. 그는 신의 대리인이다.

— 무엄하다. 감히 모차르트, 베토벤을 엉망진창으로 망가트리다니! 인류의 빛나는 음악 전통을 무너뜨리겠다는 수작이냐? 사탄아, 물러가라!

— 무슨 소리냐! 언제까지 역사와 전통을 울궈먹겠다는 것이냐? 벽은 깨부수라고 있는 것이다.

— 파격이다. 틀에서 벗어나는 자유로움! 그건 우리 한국예술의 자랑스러운 특징 중의 하나다.

— 파격? 벗어나 봤자, 모차르트 베토벤 아니냐? 뛰어야 벼룩이요, 부처님 손바닥 안의 손오공이다.

— 절묘하기는 하지만, 결국은 짜집기일 뿐이다. 짜집기의 예술성은 간단히 판단할 문제가 아니다.

— 아니다! 따지고 보면, 모든 예술은 근본적으로 편집이요, 짜집기다. 완전한 창조란 인간의 영역이 아니다.

— 서양음악의 한국적 재해석이 아닐까? 우리 음악의 즉흥성과 신명, 어수룩한 역동성 같은 것… 산조, 엇박자, 허튼소리 등….

— 우리의 백남준이 선언한 '비빔밥 문화'의 위대한 승리다! 이제 우리가 할 일은 이 비빔밥이 오가리잡탕이 되지 않도록 경계하는 일이다. 돈을 조심하라!

— 모두들 진정하시라! 지나치게 호들갑 떨며 흥분할 일은 아니다. 이건 그저 우연히 일어난 일회성 해프닝에 지나지 않는다.

— 아니다, 이건 매우 중요한 의미를 갖는 사건이다. 한국문화 특유의 파격적 역동성을 보여주는 일이다. 모차르트와 베토벤의 권위와 장벽을 과감하게 깨부수는 건 보통 일이 아니다. 한류와 K-컬쳐의 핵심적 원동력일 수 있다.

의학계에서도 관심을 가졌지만, 결론을 내리지 못했다. 매우 특이한 치매 증상, 예술적 환상, 정신분열증, 뇌 손상, 신들림, 접신 현상… 등등 의견만 분분할 뿐이었다. 다만, 오랜 세월 억누르기만 해서 응어리져 있던 예술적 기운이 화산처럼 장엄하게 터져나온 것이라는 의견에는 대체로 동의했다. 말하자면, 그는 시대와 환경을 잘못 만난 불운의 천재라는 것이다.

즉흥적 연주를 하는 순간의 뇌파를 입체적으로 촬영해서 분석해보자는 의견도 있었지만, 이런저런 이유로 성사되지는 못했다.

어떤 심리학자는 베차르토벤트를 메피스토펠레스 같은 악마의 유혹에 넘어간 파우스트 박사에 비유하기도 했다. 꽤 그럴듯한 설명이었다.

5

아무튼 이러저러 해서 베차르토벤트의 은퇴는 당연히 취소되었다. 기획사라는 근사한 이름의 장사꾼들이 이렇게 큰 노다지를 그냥 둘 리가 없었다. 내놓고 말하기는 좀 거시기하지만, 기획사와 돈 문제나 계약 관계 비슷한 것이 좀 걸려있었는데, 어려움에 처한 제자들을 도와주다가 생긴 일들이었다. 그러저러한 사정으로 기획사의 무리한 공연 계획을 매몰차게 거절할 수도 없는 형편이었다. 착하고 가난한 선비의 서글픔이었다.

베차르토벤트의 인기는 날이 갈수록 뜨거워져 갔다. 공연마다 뜨거운 관심을 모으며, 표 구하기 아우성이 벌어지고, 암표 값이 하늘을 뚫었다. 간단히 말해서, 앞날이 창창했다.

유튜브 같은 첨단 통신시설 덕에 국내만이 아니라 국제적 가능성도 활짝 열려있었다. 시험적으로 열린 일본 공연도 대성공이었고, 세계 곳곳에서 '러브콜'이 날아오고 있다며 기획사는 즐거운 비명을 올렸다.

대중들의 관심이 집중되는 가장 큰 이유는, 오늘 무슨 곡이 어떻게 연주될지에 대한 궁금증과 호기심이었다. 음악 전문가들도 당연히 촉각을 곤두세웠다. 베차르토벤트의 연주는 공연 때마다 예측불허로, 상상을 초월하곤 했다. 공연 당일 아침에 연주할 곡을 정한다는 어떤 피아니스트와는 차원이 전혀 달랐다. 어디로 어떻게 튈지 짐작조차 하기 어려웠다. 그리고 그 파격이 짙은 감동으로 승화되곤 했다.

물론, 공연마다 신비롭고 감동적인 것은 아니었다. 그럴 수는 없다. 당연한 일이다. 내면의 소리가 날이면 날마다 들려오는 것은 아니었다.

어떤 때는 악보대로 정직하게 또박또박 연주하기도 했다. 그러면, 금방 "베차르토벤트의 신기가 약발을 다했다"는 비판이 나오고, 청중들의 불평이 터져 나왔다. 돈 돌려내라, 이건 우리가 기대했던 연주가 전혀 아니다!

　클래식 음악의 세계가 아무리 드넓다 해도, 짜집기의 한계는 분명했다. 그리고 이런 식의 편집과 짜집기는 인공지능이 가장 잘할 수 있는 분야였다. 실제로 그런 음악을 담은 인공지능의 음반이 여러 개 나오기도 했다. 하지만, 기대만큼의 성과를 거두지는 못했다. 욕심이 너무 앞서다 보니, 오가리잡탕이 되었기 때문이었다.

6

　베차르토벤트가 일약 유명해지자 이런저런 뒷이야기가 알려지기도 했다. 하지만, 벽창호처럼 고지식하기 짝이 없는 선비를 아무리 털어봤자, 주간지나 호사가들 입맛에 맞는 것은 없었다. 기껏해야 젊은 시절 먼저 간 부인에 대한 소설 같은 추측성 기사 나부랭이가 고작이었다.

　다만 음악적으로는 의미 있는 것이 꽤 있었다. 예를 들면, 그이가 매우 수준 높은 귀명창이고, 우리 음악을 상당히 깊게 파고들고 있다는 사실 등…．

7

대중들은 여전히 신과 통하는 신기한 예술가 베차르
토벤트의 연주회를 기다렸다. 평생 단 한 번 들을 수
있는 신의 음성을 놓치고 싶지 않은 것이다.

그럴수록 베차르토벤트는 서서히 시들어갔다. 온 세
상이 그를 시들게 했다. 오로지 음악에 매달려 가까스
로 목숨을 이어갔다.

정 힘들고 견딜 수 없으면 연기처럼 사라지곤 했다.
세상 물정 모르는 가냘픈 선비인 그가 할 수 있는 저
항은 오직 잠적뿐이었다.

날이 갈수록 잠적이 잦아지고, 없어지는 기간이 길
어져 갔다.

그러다가 아주 사라질 것이었다. 스러져 없어지고
말 것이었다.

8

오늘도 베차르토벤트 선생은 피아노 앞에 앉아 물끄
러미 건반을 내려다보고 있다. 내면의 뜨거운 울림이
울려오기를 하염없이 기다리는 것이다.

어쩌다가 내면의 소리가 희미하게라도 들려오면 홀로 건반을 두드렸다. 누구에게 들려주기 위한 음악이 아니었다. 어쩌면 본디 음악이란 그런 것일지도 모른다.

사람은 저마다 자기만의 음악을 가지고 있는 것이 아닐까? 비록 허름하고 볼품없을지라도 간절하고 축축한 자기만의 음악… 그 아득한 소리로 하늘과 소통하는 것이 아닐까, 구원의 소리….

베차르토벤트에게 음악은 이미 종교였다. 아득한 기도 같은 신과의 소통, 절절하게 아름다운 소리로 나누는 대화… ✻

곽설리

본명 박명혜. 서울 출생. 『시문학』 시, 『문학나무』 소설 당
선. 시집 『물들여 가기』 『갈릴레오호를 타다』 『꿈』, 시 모
음집 『시화』 외 다수. 소설집 『오도사』 『움직이는 풍경』
『여기 있어』, 연작소설 『칼멘 & 레다 이야기』, 글벗동인 소
설집 『다섯 나무 숲』 『사람 사는 세상』 등 출간. 재미시인
협회, 미주한국소설가협회 회장 역임.
shirkwak@yahoo.com

당신은 존재하는가? | 나는 누구인가? | 우리
는 어디로 가고 있나? | 달팽이를 기다리며 |
푸른 코끼리를 생각하며

당신은 존재하는가?

　나는 지금 우주선을 멀리 벗어나 제로존을 떠돌고 있다. 우주선을 벗어났다는 건 말 그대로 무중력 상태로 허공에 떠있다는 뜻이다. 어디로 흘러갈지, 어떻게 될지 알 수 없다는 뜻이기도 하다.

　조금 전까지는 모든 것이 완벽하게 아름답고 행복했었다. 우주선에서 내다본 우주는 꿈결처럼 아름다웠고, 달콤한 노랫소리가 우주선 안을 행복하게 채우며 출렁이고 있었다.

　나를 달까지 날려 보내주세요

　저 별들 사이를 여행하게 해 주세요

　목성과 화성의 봄을 내게 보여주세요

　다시 말해, 내 손을 잡아주세요

　그러니까, 내게 키스해 주세요

내 마음을 노래로 채워줘요

영원히 노래할 수 있게 해 주세요

한순간에 모든 것이 무너지고, 달라졌다. 달콤한 노랫소리도 어디론가 사라져버렸다. 달라지는 건 단 한순간이다.

"앗! 뭔가 이상해!"

누군가가 날카롭게 외치는 소리가 불길하게 들려왔을 때 나는 무언가 잘못되었다는 사실을 바로 알아챘다. 한순간에 모든 것이 달라진 것이다.

"이런! 우주선이 우리 목적지를 멀리 벗어나버렸군!"

"뭐야! 궤도를 멀리 벗어났다면, 그럼 우리가 우주 미아가 되었단 말인가?"

"어머나! 세상에!"

"아, 그럼 우린 이제 어쩌지요?"

누군가의 비명소리도 들려왔다. 순간, 나는 우리 우주선의 선장인 닥터 린의 깊은 신음소리를 들었다. 늘 밝고 긍정적인 자신감 넘치던 그였기에 나의 불안감은 점점 더 커졌다.

"어쩌지요? 아무래도 멈춰버린 우리의 우주선을 더

이상 작동시킬 수가 없네요! 아주 죽어버렸어요."

누군가 다급하게 외치는 소리에 이어 비명소리가 들렸고, 우주선이 엄청난 충격에 출렁거렸다.

아프가니스탄 국토가 폭우로 침수되었을 때도, 남태평양 연안의 국가들이 바다의 높아진 수위로 물에 잠겼다는 뉴스를 보았을 때도 가슴이 서늘해졌지만 이토록 걷잡을 수 없이 떨리지는 않았다. 아무런 죄도 없는 아이들이 바다에 수장되어 별이 되고, 도시 한복판 골목길에서 젊은이들이 느닷없이 깔려 죽어 꽃이 되었을 때도, 거리에서 늘어가던 홈리스들이 대책 없이 죽어갈 때도 슬픔과 위기의식을 느꼈지만 이토록 큰 충격은 아니었다.

지금 우리는 이미 지구의 대기권을 멀리 벗어나 있다. 이곳은 스페이스 제로다.

우리가 타고 있었던 우주선은 태양광이 일으킨 우주 폭풍에 휘말리게 되었고, 사방에서 떨어지는 낙석의 공격까지 받게 되자 계기의 오작동으로 원래 예정되었던 궤도 K-12를 멀리 벗어나버리고 만 것이다.

우리의 여정에 어려움이 있으리라는 사실을 전혀 예상 못했던 건 아니었지만, 이런 절망적인 상황이 아니었다. 우리가 탑승한 우주선은 처음부터 완벽하게 제

작되었다고 평판이 자자했던 만큼 제로존(zero zone)에서 일으킨 오작동은 정말 믿기 힘든 충격적인 사건이었다. 우리 일행은 우주의 존에만 머물러 있어야 하는 운명이 되고 만 것이다.

정신을 차리고 보니, 예상했던 대로 우주선은 이미 죽어서 해체되어 있었다. 모든 통신이 끊겨버렸고 함께 타고 온 일행의 소식조차 알 수 없었다. 일행들은 나의 시야에서 멀리 사라지고, 내 주변에는 아무도 남아있지 않았다. 그 아무도….

그나마 다행인 것은 우리가 입고 있는 우주복이 또 하나의 작은 우주선의 역할을 하고 있는 사실이었다. 그래서 우리는 우주선 없이도 한동안은 우주의 궤도에 머물러 있을 수 있었다. 단, 우리의 작은 우주선이 외부의 자극을 받지 않는다는 전제 하에서 잠시 동안….

그래도 나는 어쩌면 이 우주에서 아주 해체되기 전에 어딘가에 떠있을 우주정거장을 만나게 될지도 모른다며 나름 살 길을 찾아보기로 했다. 물론, 그런 가능성이란 아주 희박했지만 희망을 버릴 수는 없었다.

우주선이 오작동을 일으켰던 순간 탑승했던 이들은

곽설리

모두 극심한 충격으로 몸부림치거나 발작을 일으키다
온몸이 축 늘어진 상태였다. 그만큼 죽음의 순간이 성
큼, 모두의 앞으로 다가온 것이다. 심지어, 그 위급한
상황에서 우리들을 안심시켜 주어야 할 유일한, 그래
서 늘 '현자'란 닉네임으로 불렸던 선장 닥터 린까지
도 말이다.

언젠가 난 닥터 린과 존재에 대한 이야기를 나눈 적
이 있었다.

"닥터 린, 당신은 존재를 증명하는 일이 난제라고
하신 적이 있었지요?"

"물론 아직은 그렇게 이야기할 수밖에 없다는 뜻이
었지요."

"…"

잠시 침묵을 지키던 닥터 린이 나에게 되물어왔다.

"그럼, 당신은 지금… 당신 자신이 존재한다고 생각
합니까?"

"물론이지요. 나는 지금 분명히 존재하고 있지요!
철학자 데카르트는 '나는 생각한다. 고로 존재한다.'
라고 했다지요? 나도 생각을 하는 존재가 분명하다고
믿습니다."

"근데 그걸 그렇게 자신 있게 말할 수 있나요? '생

각'만으로 스스로가 증명될 수 있다고요?"

"그래요! 더 말할 것 없이 난 지금 당신 앞에 이렇게 버젓이 존재하고 있지 않나요?"

"그럼, 당신 주변에 아무도 없다고 해도, 당신의 존재가 증명될 수 있을까요? 이 우주에 당신만이 홀로 남겨져 있다면 그 '자신의 존재'를 증명해 보일 방법이 없지 않나요?"

나는 선뜻 대답할 말을 잃고 말았다. 알고 보면 아주 쉬운 명제일수록 이렇다 할 다른 해답이 없는 법이다. 우리의 존재도 그렇다. ⚹

나는 누구인가?

 주변에 아무 인물도 없이 홀로 우주에 떠있는 내 자신의 존재는 과연 어떻게 증명될 수 있을까? 내 존재란 없는 걸까?

 지금까지 세상살이에서 내가 존재한다는 사실을 스스로 증명하는 방법은 그저 나의 이름이 적힌 신분증을 제시하는 일이었다. 여권 없이는 비행기를 타고, 여행을 하는 일이 불가능했다. 그러니까 서류 없이는 아무도 나를 나라고 믿어주지 않았다. 관공서에서도, 심지어 직장을 얻기 위에 인터뷰를 할 때조차도 말이다. 그렇다면, 나의 존재는 신분증이고 서류란 말인가?

 나를 나라고 확실하게 증명할 수 있는 다른 더 쉬운 방법을 나는 아직 찾지 못했다.

 내가 존재한다는 건 내가 숨을 쉬고 있다는 뜻일까?

디아스포라 민들레

그러나 그보다도 먼저 밝혀야 할 것은 과연 나는 누구인가? 라는 사실일 것이다. 그런데….

세상에! 누가 하나라도 자신을 온전히 증명해 보인 사람이 있을까?

사람들은 자신이 누군지나 알고 있을까?

존재란 무엇인가?

사랑인가?

노래인가?

어디선가 사랑 노래가 들려오는 것 같다.

내 마음을 노래로 채워줘요

영원히 노래할 수 있게 해줘요

내가 그리워하고 사랑하고 찬미하는 건

오직 그대뿐이에요

그러니까, 언제나 진실해줘요

다시 말해, 그대를 사랑해요

우주공간에서 한번 움직이기 시작한 우주인은 멈출 수 없다.

어디선가 평온했던 닥터 린의 음성이 들려오는 것 같았다. 언젠가 우리는 이런 이야기를 나눈 적이 있었다.

"갈릴레오는 등속(等速)운동이 자연스럽다고 했다죠?"

"그래요. 등속운동의 움직임에는 원인이 없다고도 했지요. 사실, 등속운동은 그 자체로 자연스런 현상이니까요."

우주공간에서 한번 움직이기 시작한 우주인은 다시는 멈출 수 없다는 닥터 린의 말처럼 우주공간에 진입한 나야말로 스스로는 다시 멈출 수 없는 운명에 놓여 있었다.

"인간은 결국 존재의 시작부터 멈출 수 없는 운명을 타고난 거죠. 그렇지 않나요? 우리 인간은 끊임없이 나이를 먹고, 스스로의 의지와는 상관없이 성장해서 어른이 될 수밖에 없는 운명을 타고났지요."

"그러고 보면 우린 결국 자의로는 아무것도 할 수 없는 무기력한 존재로군요? 사실 끊임없이 성장하며 생로병사에 지배를 당하는 게 인간의 운명이니까요. 죽음에 이르는 순간까지 말입니다."

사실 난 세상에 태어난 이후 한 번도 한 순간도 멈춘 적이 없었는지도 모른다. 자의건 타의건 살아왔고 나이를 먹어온 그런 일종의 등속운동은 내가 죽을 때까

디아스포라 민들레

지도 계속될 터였다. 생각해보면 절대적이고도 모순 많은 운명일 수도 있다.

"아! 아니야! 지금은!"

그럼에도 불구하고 정작 위기의 순간이 오자 닥터 린 역시 울부짖었다. 그리고 그토록 원했던 유일한 꿈이었던 우주여행을 떠나기 위해 조기 은퇴했다는 닥터 린조차 우주선이 오작동을 일으키자, 그 충격을 이기지 못하고 심장마비를 일으켜 목숨을 잃은 첫 번째 희생자가 되었다.

닥터 린은 이제부터 자신의 모순 많은 운명을 벗어나게 된 걸까?

닥터 린은 '우주선은 항상 무언가 잘못될 수 있다. 그에 대비해야 한다.'며 모두를 위해 세심한 사항까지 준비해 주었었다. 하지만 우리는 우주선의 무언가가 어긋났을 때 신속히 대비할 수 없었고, 두 번째 불찰은 우리가 천재 물리학자였던 닥터 린을 너무 의지해왔던 점이었다. 그래서 우리는 갑작스런 닥터 린의 죽음 앞에서 더 큰 혼란에 빠질 수밖에 없었던 것이다. ✴

우리는 어디로 가고 있나?

내가 우주로 가기로 결심했던 이유는 더 이상 지구에서의 삶이 의미를 잃었기 때문이고 그 삶에서 빠져나오기 위한 선택이었다.

"우주로 떠나다니… 당신은 왜 이 무모한 출항을 결정했던 거죠?"

닥터 린은 나에게 질문했고, 나는 솔직한 내 심정을 이야기했었다.

"결국 지구에서의 삶이란 게… '가장 사랑했던 이로부터 버림을 받았다.'는 느낌이 들었던 거죠."

"당신 역시 다른 이들처럼 배신을 당한 건가요? 하하하!"

"물론, 배신당한 건 맞지만…"

"!?"

"난 정말 나의 믿음을 배신당한 기분이었어요. 그러

니까 난 모든 인류의 진정한 염원은 자유와 평화라고 굳게 믿고 있었지요. 그런데 지구에선 전쟁이 끝날 기미를 보이지 않았고, 모든 국가들이 평화를 위해서라며 마지막 순간까지 선택했던 건 고작 핵과 같은 고성능의 살상무기였지요. 말하자면 어리석은 전쟁을 계속 벌이는 일이었다고요."

"화합하지 못하고 멸망해 가는 인간, 아니, 지구인에게 실망했다!?"

"아주 진저리가 나버렸지요. 게다가 지구의 안위는 뒤로한 채 위정자들은 우주군(軍)마저 창설하더군요. 결국 우주에서도 전쟁을 불사하겠다는 의도가 분명했으니까요."

"하하하! 나 역시 궁극적으론 그 우주군에 속해 있는 셈이지만… 그러나 그것은 우주에서 전쟁을 벌이기 위해서, 라기보다는 미래의 우주에서 살아가게 될 존재의 입지와 영역을 넓혀가기 위한 목적으로 창설되었다고 보는 게 더 옳지요. 아! 그래서 우주행을 선택한 거로군요."

"끝날 줄 모르는 잦은 전쟁과 인간들의 만행으로 인해 '내 모든 삶은' 진정한 의미를 잃었으니까요. 결국, 저도 그들과 같은 인간이란 사실을 더 이상 견뎌낼 수 없었던 거죠. 그런데⋯ 미래를 살아가게 될 존재란 인간을 지칭하는 게 아닌가요?"

사실, 우주군(space force)이 창설된 이후 사람들은 서서히 우주로 이주하기 시작했다. 미지의 우주를 향한 또 한 번의 디아스포라의 움직임이 시작된 셈이었다. 일반인들은 우주에 닿은 후 삶을 이어가기 위해 제일 먼저 우주 이곳저곳에 마련된 대형 우주선이나 우주 정거장으로 이주하고 있었지만, 우리의 여정은 그것과는 조금 달랐다. 지구의 대부분이 물속으로 잠기자, 우리는 또 다른 미지의 우주를 개척해야 하는 임무를 가진 팀이어서 미지의 행성들을 찾아 다녀야만 했다. 우리의 임무를 위해 아무런 보호 장치나 그야말로 일말의 선택의 여지도 없이 말이다.

우리는 우주의 여행을 위해 장시간 우주 적응을 위한 훈련에 들어갔다. 그리고 우리가 훈련 중이던 우주선은 무슨 일인지 상부의 지시를 받았고 갑자기 지구를 떠나야 했던 긴박한 정황이었다.

인간들은 더 없이 적대적이고 파괴적인 피조물의 성향을 생생하게 드러냈고, 그 결과 지구는 모두 물속으로 잠기고, 많은 이들이 목숨을 잃거나 갈 곳을 잃었고, 지구의 앞날은 미지수가 되고 말았다.

"그럼… 이젠 모두 다시 돌아갈 곳을 잃은 셈이군요."

"꼭 그런 건 아니지요. 아직은 물 위에 떠있는 지구의 대형 선박에서 머무를 수도 있는데요."

"지구에 남아있었다면 지금쯤 노아의 방주처럼 물 위에 둥둥 뜬 채 지구 위를 떠돌아다니고 있었겠지요."

모두들 신음처럼 한마디씩 쏟아냈다.

내가 닥터 린에게 우리의 행선지에 대해 물었을 때 닥터 린은 우리의 행로가 이제부터 결정될 문제라고만 했다.

"불행히도 우리에게는 선택권이 없어요."

"그건 왜지요?"

"원래 위급한 상황인 만큼 경황없이 지구를 떠났기 때문이지요."

"아무튼 우리는 일단 우주정거장에 닿기로 했습니다."

나는 우리가 갈 수 있는 목적지는 무인 우주정거장이라는 사실만 알고 있었고, 우주선은 우주에 떠 있는

곽설리

한 대형 우주정거장에 닿을 수 있도록 준비를 마친 상황이라고 알고 있었다. 하지만 내 앞의 현실이 가상공간처럼 비현실적으로 느껴졌다. 그러나 지금 공중을 둥둥 떠다니고 있는 이 비현실적인 현실은 바로 내가 직면하고 있는 현실임이 분명했다. 머릿속이 혼란해졌다.

불현듯 닥터 린이 내 앞에 서 있었다. 생시에서처럼 우주복을 입고 점점 더 내 앞으로 가까이 다가왔다. 나는 반가움으로 어쩔 줄 몰라 외쳤다.

"닥터 린! 이런 상황에… 어떻게 내 앞에 나타나신 거죠? 세상에! 난, 난 당신이 이미 이 세상 사람이 아닌 줄 알았단 말이에요!"

그러나 닥터 린은 그저 웃고 있었다. 이 기막힌 현실 속에서도 그의 웃는 얼굴을 보며 나는 조금씩 마음의 안정을 되찾을 수 있었다.

"하하하! 아직도 당신은 그 끈질긴 고정관념을 버리지 못했군. 내가 그러지 않았던가요? 시간은 흐르지 않는다고. 제발 이제껏 생각했던 사고방식에서 벗어나도록 해 보세요!"

닥터 린은 미소를 지었다. 그와 동시에 그는 내 시야에서 사라졌다.

'시간이 흐르지 않는다니, 그렇다면? 나는 어디로도 가고 있지 않다는 말인가?'

나는 어리둥절했다. 우리가 처한 공간이 즉 우주가 굴절되어 있는 만큼 이제 시간이 모두 평평해진 것이라면, 언젠가 그가 주장했던 대로 이제 과거도 현재도 미래도 아니, 죽음까지도 모두 사라진 걸까?

나는 우주에서조차도 고정관념을 버리지 못하고 있는 내 스스로에게 소스라치게 놀랐다. 나는 왜 신도 아닌 인간들을 그토록 절대적으로 믿어왔던지, 왜 그저 평범한 인간들을 완벽하다고 생각해 왔던지에 대해 알 수 없었다. 내 자신이 잘 이해가 되지 않았다. 그리고 아직까지의 그런 나의 모순된 사고방식이 오히려 타인의 숨통을 막아 온 게 아니었을까? 라는 결론에 이르게 되었다.

이런 생각이 들기도 했다. '이 삶 속에서 아무도 아무를 괴롭히지 않아야 한다.'는 것이 나의 철두철미한 철학이었지만 그 역시 모순이라는 사실을…．

닥터 린의 말대로 시간이 그 흐름을 멈추었다면, 아니 시간이란 원래 흐르지 않는다면, 그래서 지금, 달라진 것이 무엇이란 말인가? 나는 닥터 린이 잠시 머물렀었던 침침한 빈 공간을 하염없이 응시했다. 지금 이 순간 어떤 기적이라도 나에게 찾아오기를 기다렸다. 내 몸은 끊임없이 어디론가 흘러가고 있었다. 그러나 이 흐름은 시간을 배제한 흐름인 것이다. 극심한 고독과 고통이 나를 엄습했다.

'아! 이것이 모든 인간의 운명이란 말인가!'

지금 나는 내 자신의 숙명과 나의 인간적인 한계를 한탄하며 우주 위에 떠 있다. 아, 나 역시 불멸의 영생보다는 이 세상에서의 즐거움을 찾으면서 평생을 보냈어야 마땅했던 걸까? 나는 스스로의 몸을 통제할 수 없는 움직임에 맡겨둔 채 끝없는 회한에 잠겨 들었다.

나는 지금 이 막막한 우주공간에서 어디로 흘러가고 있는 걸까? 어디로 가면 나의 존재를 찾아, 확인할 수 있는 걸까? 내가 존재하기는 하는 걸까?

저 멀리서 아련하게 노래가 들려온다. 어린 시절에 부르던 노래와 달콤한 사랑노래가 마구 뒤섞여 있다.

푸른 하늘 은하수 하얀 쪽배엔
계수나무 한 그루 토끼 한 마리

나는 사랑노래의 가사를 내 멋대로 바꿔서 불러댔
다. 마치 내 존재를 찾아 우주로 와서 정처 없는 미아
가 된 철학자처럼, 마치 존재를 증명할 길 없는 허깨
비처럼.

나를 달까지 날려 보내주세요
저 별들 사이를 헤매게 해 주세요
목성과 화성에서 내 존재를 찾게 해 주세요
부탁이에요, 내 존재를 찾아주세요
그러니까, 제발 나를 만나게 해 주세요

내 마음을 내 존재로 채워줘요
영원히 노래할 수 있게 해 주세요 ✹

달팽이를 기다리며

달팽이는 오늘도 나타나지 않았다.

"짜식, 어디서 뭐하고 있는 거야! 비도 오락가락하는데."

남씨는 CCTV 화면을 노려보며 투덜거렸다. 달팽이에게 줄 생각으로 컵라면 한 상자도 사놓았는데, 프리웨이 밑 굴다리에 진을 친 노숙자 텐트촌을 살펴봐도 달팽이는 없었다.

"젠장, 이거 뭐야! 고도를 기다리는 것도 아니고."

남씨는 공갈총을 허리춤에 차고 사무실을 나서며 또 투덜거렸다. 요즘 투덜거리는 일이 부쩍 잦아졌다. 달팽이를 만나고부터 그렇게 된 것 같다. 망할 놈의 달팽이!

달팽이를 처음 만난 건 달포 전쯤이었다. 녀석은 흔

한 홈리스들과는 어딘가 풍기는 것이 달랐다. 무슨 사연이 있는지 작은 트렁크와 손가방 여러 개를 들고 있는 앳된 모습, 남씨의 아들 나이 정도로 보이는 말끔한 차림새의 젊은이였다. 한국 사람이라는 느낌이 들었지만, 확실하진 않았다. 처음 본 순간 불쑥 달팽이가 떠올랐다. 어딘가 특이한 분위기의 달팽이.

남씨는 그때 낑낑거리며 홈리스들이 버리고 간 쓰레기를 치우고 있던 중이었다. 홈리스들은 음식물을 남긴 종이 박스와 담요와 심지어 입던 옷과 뭔지 모를 잡동사니 등 엄청난 쓰레기들을 버리고 갔다. 홈리스들이 남겨놓는 쓰레기를 치우고 청소해야하는 일은 큰 골칫거리였다. 그렇다고 청소회사가 하루 종일 건물의 청소를 해주지 않으니 건물이 더러워질 때마다 청소하는 일은 본의 아닌 그의 몫이 되게 마련이었다. 자기도 모르게 험한 욕이 나오곤 했다.

그때 달팽이가 모습을 드러냈다.

"파킹장은 차가 많이 다녀서 위험하니 들어오면 안 돼요."

남씨의 경고에도 불구하고 녀석은 재빨리 트렁크와 가방을 내려놓고는 쓰레기더미를 버리는 일을 도와주었다.

녀석은 남씨가 건네는 물병만을 받아들 뿐 아무 반응도 보이지 않고 트렁크와 가방을 들고 어디론가 사라져버렸다.

남씨는 내심 그가 고맙고 궁금했다. 그렇게 해맑은 인상의 젊은 청년이 왜? 트렁크와 짐을 내려놓을 곳을 찾지 못한 채 달팽이처럼 거리를 떠돌고 있는지? 남씨는 그를 돕고 싶었다. 어떤 도움이 필요한지 묻고도 싶었다. 하지만, 거리를 떠도는 이들에게 무언가를 묻지 않는 것이 불문율이었고, 홈리스는 자신에 대해 아무 것도 말하고 싶어 하지 않는다고 들어왔던 그는 녀석에게 아무것도 묻지 못하고 보냈던 것이다. 그리고 내내 그 일이 후회스러웠다. 그 이후로 녀석이 나타나기를 기다렸다. 만나면 뭔가 해주리라 마음먹었다.

남씨는 일상이 절박할 그 현상을 그리며, 시를 좀 잘 쓸 줄 알면 좋을 텐데… 중얼거렸다.

온 몸이 제 집인 달팽이
등에 집을 짊어지고 살아간다.
느릿느릿 행여 낯선 길 잊지 않으려

풀어 놓은 은빛실
햇살에 반짝인다.

나날이 늘어만 가는
달팽이 무리들
갈 곳 잃고…

　건물을 천천히 한 바퀴 돌며, 밤새 안녕하셨는지 꼼꼼히 살피는 것이 남씨의 오전 일과다.
　늘 비슷한 풍경이었다. 따가운 여름 햇살이 오전부터 커피집 주변으로 마구 흩어지고, 자카란다 나무에서 화사한 보랏빛 꽃이 흩날리고 있다. 커피집 야외용 테이블에는 사람들이 각자 다른 방향으로 앉아 커피를 마시고 있다. 무언가 깊은 생각에 잠긴 채 커피를 마시는 이도 있고, 신문을 훑어보는 이도 있고 하염없이 보랏빛 꽃이 흩날리는 자카란다 나무를 바라보는 이도 있다.
　남씨는 문득 인간들이 점점 더 고립되어 가고 있는 듯 쓸쓸한 느낌을 받았다. 사람들이 같은 공간에 있지만, 저마다 자신만의 길을 가고 있는 것이다. 이런 장면을 CCTV 화면으로 보면 한층 더 쓸쓸하고 추워 보인다.

일층 매점의 여종업원 둘이 종이 커피컵을 상대방에게 내던지며 치열하게 싸우고, 한 남자가 중간에서 말리느라고 떠들썩하다. 그나마 사람 사는 것 같은 풍경이다.

그러나 이런 광경은 지극히 소소한 일에 불과했다. 빛이 있으면 그림자도 있는 법, 건물 주변에 홈리스가 대자로 누워있는 광경을 보면 그는 잔뜩 긴장했다. 그걸 조용히 쫓아내, 평화로운 일상을 유지하는 것이 그의 일이었다.

홈리스들은 남씨가 일하는 건물 안으로 빗물처럼 스며들었고, 그는 꼼짝없이 홈리스들과 생쥐와 고양이처럼 쫓고 쫓기는 관계가 돼야했다. 거리에 공중화장실이 없었으니 홈리스들은 건물 안으로 들어와 사람들이 보지 않는 곳에서 실례를 했고, 이따금씩 스프레이 페인트로 건물의 벽 이곳저곳에 낙서를 해댔고, 심지어 건물의 기물들을 부수기도 했으니, 골치가 이만저만 아픈 게 아니었다. 어떻게든 그들을 건물 밖으로 내보내기 위해 머리를 짜내야 했다. 골이 지끈거린다.

어찌된 일인지 날이 갈수록 홈리스들의 출입이 극성스러워졌다. 진짜 총을 차고 다녀야 하는 거 아닌가

하는 생각이 들 정도로 위험을 느끼는 일도 잦아졌다. 귀신 잡는 대한민국 해병대 출신답게 권총이 그립기도 했다.

하지만 건물주인 친구는 절대 허용하지 않았다. 공연히 총 때문에 골치 아픈 일을 만들 필요는 없다는 생각이 확고했다.

"총? 그건 절대 안 돼! 그렇지 않아도 온 세상이 총 때문에 골치 아픈데… 총으로 흥한 나라 결국 총으로 망하는 법이지!"

그러니 가짜 공갈총을 차고 다닐 수밖에 없는데, 그나마 없는 것보다 한결 든든했다. 갈수록 험악해지는 세상을 생각하면, 자꾸 공갈총으로 손길이 갔다. 성질 같아서는 한방에 깨끗하게 확 쓸어버리고 싶지만, 그럴 수도 없으니 그저 투덜거릴 뿐이다. 에잇, 거지발싸개 같은 놈의 세상!

특히 프리웨이 밑 굴다리는 무엇보다 그를 열 받게 했다. 굴다리는 남씨에게 해답 없는 재난이었다. 평소 무심코 지났던 터널에 그렇게도 많은 홈리스들이 거주하는지 몰랐다. 그 홈리스들이 터널을 나와 이 건물로 출몰하는 만큼 그는 늘 홈리스에 대한 문제들을 덤으로 감당하게 된 셈이었다. 아무튼 그 굴다리의 진정한 의미를 몰랐던 건 결국 그의 불찰이었다.

만약, 그 존재에 대해 알고 있었더라면, 소위 그 '있는' 친구의 제안을 단칼에 거절했을 터였다.

"놀면 뭐하나? 날 좀 도와줘… 응, CCTV로 건물 모니터링하고 관리하는 간단한 일이야."

뜻하지 않은 사고로 몸을 다치는 바람에 조기은퇴를 한 그에게는 매우 솔깃한 제안이었다. 시간 때우고 용돈 생기고, 꿩 먹고 알 먹고였다. 게다가 '건물관리실장 남 아무개'라는 번듯한 명함까지 박아주었다. 난생처음 가져보는 금테 두른 명함이었다. 기분이 우쭐했다. 그러나 실제 현실은 결코 달콤하지 않았다. 날이 갈수록 험악해졌다.

"어이, 이건 얘기가 완전히 다르잖아! 이런 문제투성이 건물을 모니터링만 하면 된다고?"

친구인 건물주에게 항의를 해보았지만 돌아오는 대답은 늘 똑같았다.

"아이구, 나도 골치 아파 죽을 지경이야! 전에는 이렇지 않았는데 최근 점점 더 홈리스들이 늘어만 가는군."

사실, 그의 말대로 처음 일을 부탁했을 때만해도 이

토록 심각한 상황은 아니었다. 그의 말대로, 굴다리 저쪽 입구에 있는 교회가 무료급식소를 연 뒤로 노숙자가 급격히 늘어난 건 사실이었다. 교회가 베푸는 긍휼이 이쪽에게는 재앙이 되는 셈이었다.

문득 엉뚱한 생각이 들었다. 말도 안 되는 엉뚱한 상상이지만, 만약에 예수님께서 지금 이 땅에 오신다면 어디로 먼저 가셨을까? 집 없는 노숙자들이 모여서 사는 이런 곳이 아닐까? 영화 〈벤허〉의 한 장면이 떠오른다. 나병환자들이 모여 있는 동굴을 찾은 예수님의 모습.

사실 엘에이에서 벌어지고 있는 홈리스 문제는 최악이었다. 전쟁터도 아닌 인간 세상에 어떻게 이런 일이 벌어지고 있는지 도무지 믿을 수가 없었다. 홈리스가 늘어나면 홈리스 집단 텐트촌이 곳곳에 생겨나고, 결국 범죄와 쓰레기와 마약 문제와 환경오염 심지어 화재까지 발생할 수 있기에 홈리스들이 있는 지역의 상점을 찾는 손님들이 위험을 느껴 발길이 뜸해지게 마련이고 건물의 상권에도 차질이 생겨 경제적으로도 손실이 커져만 갔다.

"수 십 억불의 예산도 죽어가는 홈리스를 살리지 못

한다니, 도대체 이유가 뭐야?"

"엘에이를 떠난 인구만 70만이라는데… 프리웨이는 어느 시간대에 가봐도 늘 정체될 만큼 복잡하고… 도 대체 왜 엘에이는 홈리스들도 이렇게 많이 늘어나고 있는지 알 수가 없군."

"엘에이는 기후가 좋으니 미 전국의 홈리스들이 엘 에이로 모두 모여들고 있다는 루머가 사실인지도 모 르지. 아참, 이 캘리포니아가 호구인지 얼마 전엔 텍 사스 국경에서도 밀입국자들을 버스로 실어왔다더 군."

성질 같아서는 당장 때려치우고 싶었지만, 그러질 못했다. 집 없는 민달팽이들을 볼 때마다 자신의 어린 시절이 떠오르면서 자꾸 묘한 연민의 정이 생기는 것 이었다. 저들을 골칫거리로 취급하고 매몰차게 쫓아 내는 것이 맡은 일인데, 그렇게 모질고 독하게 대하질 못했다. 마음을 독하게 먹어도, 정작 행동은 그러지 못했고, 보고도 못 본 척 눈을 감는 일이 잦아졌다.

"에이, 까짓 거 이번 한번만 봐주자! 하지만 다음엔 꼭 쫓아내고 말거야!"

남씨는 알고 있었다. 달팽이 역시 다른 홈리스들처

럼 건물 안으로 들어와서는 어느 모퉁이에서인가 자리를 잡고 잠시 눈을 붙이거나 혹은 담배나 마리화나를 몰래 피우곤 한다는 사실을. 남씨는 그런 그를 밖으로 몰아내지 않고 '이번만이야!'라며 눈감아 주었다.

달팽이 역시 전처럼 불안하게 남씨의 눈치를 살피지는 않게 되었다.

남씨는 긴 한숨을 푹 내쉬었다. 그 역시 어린 시절, 다리 밑에서 추운 겨울을 지새웠던 노숙자였다. 집 없이 길거리를 떠도는 서러움을 누구보다도 잘 알고 있었다.

전쟁으로 부모를 한꺼번에 잃었던 것이다. 가난과 배고픔에 더해 어딜 가나 배우지 못했다며 오랫동안 차별을 당하는 설움을 겪었다. 하지만, 그에겐 꿈이 있었고, 그 꿈을 위해 힘들고 벅찼던 시간을 버텨내야만 했다. 그리고 자신의 아이들에게만은 그런 가난과 차별을 당하는 시련의 쓴 맛을 맛보게 하고 싶지 않았기에 그는 누구보다 열심히 살았다.

전쟁으로 폐허가 된 월남, 사우디 뜨거운 사막, 보르네오 밀림, 원양어선 등 남들이 하기 싫어하는 나라

밖 험한 곳을 떠돌며 악착같이 돈을 벌어 식구들을 챙겼다. 그리고 마지막 정착한 곳이 미국이었다. 멋지게 표현하자면, 일찍부터 세계인(世界人)으로 떠돌아온 셈이다.

그런 그의 눈에는 맥없이 주저앉아버린 홈리스들이 안쓰럽고, 화도 났다. 야, 이놈들아, 그렇게 퍼질러 앉아 뭉개지 말고 일어나라, 일어나!

지독한 가난이 꼭 나쁘기만 한 것은 아닌 것 같다. 어린 시절 작은 몸 하나 뉘일 곳 없어서 길거리를 헤매던 그는 아주 작고 초라한 소극장에 스며든 적이 있었다. 거기서 가난한 극단의 온갖 허드렛일을 도맡아 하면서 먹고 잘 수 있었다. 여전히 가난하고 배고팠지만 잠시나마 행복했다. 연극 연습 구경은 특히 재미있었다. 같은 장면을 될 때까지 몇 번이고 되풀이했다. 그리고 마음에 드는 것만 보여준다. 어린 마음에도 우리 인생도 그렇게 미리 연습해서 좋은 부분만 택할 수 있다면 얼마나 좋을까 하는 생각을 했다.

팔자에 없는 배우 노릇도 아주 잠깐 했다. 연극 〈고도를 기다리며〉에 잠시 나오는 소년 역할이었다.

"선생님께서는 오늘도 못 오신답니다."

그 짧은 대사 한 마디가 평생 기억에 생생하게 남아 있다. 극단이 얼마 못 가고 망했으니 망정이지, 자칫하면 연극배우에 미련을 가질 뻔했다.

"선생님께서는 오늘도 못 오신답니다."

남씨가 점점 더 홈리스와의 싸움에서 지쳐가는 결정적 이유가 있었다. 거리를 배회하던 홈리스들이 결국 그 열악한 삶을 견디지 못하고 얼마 안 가 죽음을 맞는 현장을 목격해야 할 때였다. 제일 참기 힘든 건 침침한 건물 구석의 차가운 벽에 등을 대고 앉은 채 죽어가는 홈리스를 바라보는 일이었다. 그가 할 수 있는 일이라곤 경찰을 부르는 것이었다.

"이게 도대체 무슨 일인가? 내가 정말 이러다 내 명대로 못 살지."

남씨는 죽어가는 홈리스를 볼 때마다 지구의 벼랑 끝에 서 있는 기분이었고 지옥도를 보는 것처럼 심장이 터질 것만 같았다.

"내가 너무 세상을 오래 살고 있는 거지!"

남씨는 생각했다. 애초에 인간들의 자신밖에 모르는 이기주의와 나르시시즘이 경쟁심을 부추겨 이 세상의 모든 불균형을 가져왔다고. 늘어가는 홈리스 역시 따지고 보면 그 치열한 경쟁에서 도태된 집단일 터였다. 쉽게 말해 경쟁사회의 피해자였다.

달팽이는 그 뒤로 여러 차례 나타났다. 잊을 만하면 모습을 드러내는 식이었다.

어떤 때는 CCTV 화면에서 발견하고 바로 뛰어나갔지만 이미 어디론가 사라진 뒤였다. 운 좋게 직접 마주쳐도 달팽이는 아무 말도 하지 않았다. 벙어리처럼 단 한 마디도 하지 않고, 그저 남씨가 건네는 먹을 것 봉지를 받을 뿐이었다. 표정도 웃는 건지 우는 건지 읽기 어려웠다. 단지, 눈빛만은 아주 희미하게 고맙다고 말하는 것 같았다.

그렇게라도 아직 살아있는 걸 보는 것만으로도 반가웠다. 다음번엔 뭔가 말을 건네 오겠지.

아무튼 달팽이 덕분에 CCTV를 긴장감을 가지고 보게 되었다. 볼 때마다 녀석의 가방 수가 줄어들었다. 화면을 되감아가며 자세히 보니 분명히 그랬다. 차림새도 조금씩 지저분하게 허물어져가는 것으로 보였다. 괜스레 마음이 싸했다.

녀석은 어떤 때는 나타났다가 금방 바람처럼 사라지기도 했고, 어떤 때는 굴다리 밑 텐트촌을 오가며 뭔

가를 나눠주기도 하고, 노숙자들과 대화를 나누기도
했다. 밝게 웃기도 했고, 아주 가끔은 노래를 부르기
도 했다. 도무지 뭐하는 놈인지 정체를 짐작할 수 없
었다.

춤추듯 휘적휘적 걸어가는 녀석은 긴 머리칼과 흰
옷자락을 펄럭이며 묘한 분위기를 자아내기도 했다.
다음번엔 꼭 붙잡고 얘기를 나눠봐야겠다고 마음먹지
만, 번번이 뜻을 이루지 못했다.

"에이, 또 놓치고 말았어! 내 참!"

이봐, 젊은이
젊은이 이름이 뭐지?
몇 살이지?
어디에서 왔나? 집이 어디야?
부모님은? 형제나 자매는?

이승을 떠나기엔 아직 한참 어린,
지금쯤 누군가가 애타게 찾고 있을
그 누군가의 둘도 없이
귀하고 소중한 생명인
젊은이

앗, 달팽이다!

거리에서 건물로 직진하는 달팽이의 모습이 카메라에 잡혔다. 헌데, 뭔가 이상했다. 층계를 내려오는 그는 오늘따라 허수아비처럼 힘없이 흐느적거렸고 행동이 몹시 느렸다. 층계를 내려오던 달팽이가 갑자기 건물 층계에 펄썩 주저앉았다. 그리고는 아무 움직임도 없었다.

남씨는 모니터실의 문을 박차고 밖으로 달려 나왔다. 달려가다 되돌아가, 달팽이에게 주려고 사놓은 컵라면 박스를 찾아들고 달렸다.

층계를 막으며 앉아있는 달팽이에게 다가갔다. 이상했다. 미동도 없었다.

"이봐! 여기에 이러고 있으면 안 돼! 일어나!"

남씨가 외치며 어깨에 손을 얹으려는 순간 그가 맥없이 옆으로 쓰러졌다. 서늘한 느낌이 남씨의 등줄기를 타고 내려갔다.

"역시, 드럭 문제로군요."

무언가를 기록하던 푸른 눈의 폴리스가 주인 잃은 트렁크와 가방을 망연히 내려다보며 사무적이고 건조한 음성으로 말했다. 구급대원들도 별 일 아니라는 듯 고개를 끄덕였다.

 달팽이가 들것에 실려 구급차로 옮겨지는 모습을 멍하니 바라보는 남씨는 컵라면 상자를 단단히 거머쥐었다. 누구에게도 빼앗기면 안 된다는 듯… 쓸쓸한 죽음과 컵라면 한 상자. 그는 먼 하늘을 올려다보았다.

 말끔한 차림새로 거리를 떠돌던 젊고 앳된 한국인 행려사망자가 이 건물 층계에서 생을 마쳤다는 사실 외에 세상에 달라진 건 아무 것도 없었다. 아무 것도.

 남씨는 중얼거렸다. 울음 섞인 목소리였다.

 "선생님께서는 결국 오시지 않았습니다."

 무대가 서서히 어두워지고 막이 내리고 연극이 끝난다. ✱

푸른 코끼리를 생각하며

"너에게 그런 사연이 있는 줄은 미처 몰랐어. 전혀 뜻밖이야!"

그러니까 코끼리가 갑자기 내 앞에 나타난 그 날 밤 코끼리가 나에게 말을 건넸다. 나는 그날 공교롭게도 정원을 걷고 있는 중이었는데 막 해가 지고 난 시각이었다.

"누트가 태양을 삼켜서 너무 어두워!"

나는 어떤 격앙된 목소리가 외치는 소리를 들었다. 그러고 보니 믿을 수 없을 만큼 아름답고 새빨간 장밋빛 볼을 물들이던 석양이 모두 사라지고 사위에 어둠의 물결이 출렁이고 있었다.

"걱정 마! 누트는 저녁마다 배가 고파서 꼭 태양을 삼켜버리지만 아침이면 배가 불러지니까 꼭 다시 삼켰던 태양을 토해 낼 거니까!"

누군가 내게 속삭이는 소리를 듣던 순간 난 깜깜한 층계 앞에서 갑자기 덩치 큰 푸른 코끼리와 맞닥뜨렸던 것이다.

"잠깐! 할 얘기가 있어!"

깜짝 놀라서 눈을 크게 뜨는 순간 맹세컨대 코끼리가 먼저 말을 걸어왔다. 사실 놀라긴 했지만 그 말하는 코끼리가 조금도 두렵지 않았다. 아니, 친숙하게 느껴지기까지 했다. 사실, 코끼리와 대화를 튼 순간이 조금 문제였지만 일단 서로 대화를 튼 후엔 의외에도 모든 게 자연스럽게 흘러갔다.

대화란 원래 서로 허심탄회하게 마음을 나누는 것이고 마음이란 한 존재의 영혼과 관계가 있는 일이니까, 내 대화의 상대는 비록 코끼리긴 하지만, 맹세코 코끼리는 무슨 일인지 사람의 몸(?)을 가지고 있었다. 그리고 말을 했다.

"내가 누군지 알아요?"

"!!"

난 코끼리가 묻는 말에 깜짝 놀랐다. 간혹 누군가가 그런 안하무인격의 허무맹랑한 질문을 해오긴 했지만 코끼리까지? 정말 의외였다. 암튼 난 그런 말투는 질색이었다. 그런 질문은 마치 세상이 모두 자신을 알고 있어야 한다는 듯 혹은 안다는 듯 생각하지만 그건 사실 말도 되지 않는 질문이 아닌가?

그런데 코끼리는 달랐다.

"난 지금까지 이 지구를 지탱해 왔다고요."

난 코끼리의 말에 깜짝 놀랐다.

"??"

그러고 보니 태국에서 코끼리에게 피아노를 쳐주던 피아니스트의 사진을 본 적이 있었다. 폴 바튼이란 피아니스트였다. 과연 폴 바튼이 코끼리에 대해 어떻게 생각하고 있는지가 궁금했다. 그는 분명 코끼리들을 자신의 가족이거나 혹은 절친 이거나 자신의 진정성 있는 청중으로 생각하고 있는 게 분명했다. 아니, 어느 사학자처럼 지속되는 코끼리의 고난에 대해 가엾게 생각한 나머지 위로해 주고 싶었는지도 모른다. 아니, 어쩌면 그동안 힘겹게 지구를 지탱하고 있었던 코끼리의 노고를 칭찬해 주기 위해 피아노를 쳐주었던 걸까?

아아! 그래, 그러니까 지구는 그냥 공중에 밑도 끝

도 없이 떠있었던 게 아니었다고? 아하! 하긴… 하다 못해 화병 하나에도 받침대가 있는데… 그랬구나! 그랬었구나! 하물며 지구에게도 받침대가 있었겠지… 분명히… 모든 이들이 결국 자신의 힘든 삶을 막무가내로 지탱하며 살아가야 하듯이 말이야. 그러니까 코끼리는 그동안 가엾게도 아니, 훌륭하게도 그 오랜 세월동안 지구를 통째로 지탱하고 있었다는 것이다. 그러니 얼마나 훌륭한 코끼리인가?

"물론, 나는 혼자가 아니었어. 혼자가 아니라 넷씩이나 그 세월을 함께했었던 거지."

푸른 코끼리의 말이었다.

"뭐라구? 넷이 함께였다고? 너 역시? 아! 그럼 그리 외롭진 않았겠군? 아! 몹시 외로웠다고?"

"아!"

난 감탄했다.

그러고 보니 신화란 이렇게 시작되는 거라는 생각이 들었던 것이다. 이전에도 어렴풋이 푸른 코끼리에 관한 신화를 들었던 기억이 있었다. 사실, 코끼리만이 아니라 나 역시 넷이란 숫자가 함께하는 삶이 어떤 건지를 이미 경험을 통해 알고 있었다. 그것은 결국 횡적이 아닌 종적인 관계였다. 나는 일기장에 기록해 놓왔다.

아버지가 세상을 떠나고 한 가정이 엉망이 되어버리자 언니는 기숙사 생활을 접고 집으로 돌아왔다. 불행과 기적이 끊임없이 직조되던 나날 영양실조… 닫혀지지 않는 심장… 가빠오는 숨결….

난 가끔 외롭고 힘들어도 혼자여서 좋다는 생각을 하는 편이었다. 혼자일 때는 일단 다른 이들로 인해 시달리지 않아서 좋았다. 남의 고통을 인지하지 못하는 이들과 함께해야 하는 상황에 대한 피해의식이 뚜렷한 상처로 남아 있었다.

코끼리가 들려준 이야기는 대강 이랬다. 원래 고대의 인도인들은 네 마리의 코끼리들이 지구를 떠받치고 있다고 믿었다는 것이다.

'얼마나 힘들었을까? 자신을 지탱하기도 힘든 세상이 아닌가? 아니, 한 가정을 지탱하기도 힘든데 지구를 힘겹게 떠 받들어 지탱하고 있던 네 마리의 코끼리들이라니….'

그런데 지구를 지탱한 건 코끼리만이 아니었다니… 코끼리는 거북이의 등을 짚고 선 정황이었고 거북이는 코브라의 머리 위에 온 몸을 지탱해야했다. 그 코브라의 포스가 얼마나 불안할는지는 가히 짐작하고도 남음이 있었다. 상당히 어지러운 상황이었을 게 뻔했다.

고대의 인도는 유난히 지진이 많았다는 사실을 증명하려고 그랬던 건지 아님 실제로 코브라의 머리가 수시로 흔들렸는지 자세히 알 수는 없지만 아무튼 바람 잘 날 없는 상황이었던 것만은 분명했을 것이다.

그러고 보니 우리 형제자매들의 삶 역시 그랬다. 세상은 늘 우리 가족을 쥐고 흔들었다. 허겁지겁… 그래도 지금 생각해 보면 우리 형제들은 아무것도 변한 거라곤 없는 것처럼 그렇게 거침없이 살아왔던 셈이다. 우리가 온몸으로 매달렸던 환경은 흡사 코끼리가 올라탄 거북이의 등 같던 상황, 아니, 코브라의 머리 위에 올라탄 거북이의 형상이었다. 그때는 정말 바람 잘 날이 없었다. 상황은 조금도 나아질 기미가 보이지 않았다.

그래도 곧 모든 일이 잘 될 거라고 굳게 믿었다. 중구난방으로 흔들리는 코브라의 머리처럼 그 시대는 사실 중구난방의 시대였다.

사실 지금도 몹시 혼란스런 시대긴 하지만 내가 어릴 땐 그런 시대가 있었다. 그래도 사람들은 늘 착각

속에 살고 있었다. 자신이 무슨 뛰어난 사람이라고 생각했다. 만물의 영장이라고? 어리석을수록 그런 착각은 더 심해졌다. 모든 일은 잘 되지 않았고 시간이 갈수록 스스로가 뛰어나다고 생각했던 사람들은 누구보다 어리석은 이들이었음이 밝혀졌다. 인간! 인간은 왜 이리 어리석은가? 결국 인간들의 잘못으로 전쟁이 일어났고 전쟁을 겪었고 인간들의 잘못으로 수없는 이들이 다치거나 목숨을 잃었고 인간들의 잘못으로 많은 이들이 고통을 겪었다. 모두 다 인간들의 책임이었다. 그래도 인간들은 늘 자신이 잘났다고 생각했다. 가소로운 일이었다. 세상은 코브라의 머리처럼 점점 더 변덕스럽고 혼란해질 뿐이었다.

코끼리의 정체는 무엇인가? 난 코끼리가 괘씸했다. 코끼리는 늘 나를 짓누르던 고통이었다는 알리바이가 입증되었다. 코끼리가 그 행운의 상징이란 알량한 제 몫을 다 해 주었더라면… 그럼에도 불구하고 흔들리지 않았더라면… 설혹 코브라의 머리를 짚고 선 거북이의 등이 좀 부족하고 미끄러웠다고 한들 말이다. 모든 것이 어그러진 건 모두 코끼리의 탓이었다.
지금도 푸른 코끼리는 세상을 살아가는 내 앞에 늘

나왔다 말았다하며 나를 헷갈리게 했다. 나쁜 코끼리, 흠, 지가 무슨 신비한 신화 속의 인물이나 된다고… 난 사실, 코끼리를 믿었던 말이다. 모두들 코끼리가 행운의 상징이라고 하지 않았던가? 믿는 도끼에 발등 찍히듯, 소문난 잔치에 먹을 것 없다는 말처럼 생각해 보니 화가 치밀었다. 행운의 상징이라고 해봤자 코끼리는 늘 고난 속에서 갈팡질팡 전진과 후퇴를 반복해 오지 않았던가?

더 나은 삶을 찾아 이곳저곳을 헤매 다녀보기도 했겠지… 수많은 식솔들을 이끌고… 오죽 살기 힘들어서 떠났을 라고… 그러나 결국 덩치 큰 푸른 코끼리들을 반겨줄 샹그리라는 없었을 것이다. 아니, 끝내 없었던 모양이다. 그래서 그 어려운 여정이 흐지부지 끝나고 말았겠지… 어쨌거나… 초원을 돌아다니며 스스로의 허기를 달래야 하거나 동물원에 갇혀 사람들의 구경거리로 머무는 신세거나….

그런 가하면 언젠가 태국으로 여행을 가서 보았던 코끼리는 요상한 화장을 진하게 그린 얼굴로 늘상 제 등허리가 휘도록 사람들을 태우고 다니는 가엾은 신세였다. 행운의 상징이라는 제목이 무색할 지경이었다.

지구 밖에서나 지구 안에서나 코끼리의 운명은 늘 불행했는지 모른다. 아니, 불행했다. 늘 생존하기 위해 쫓겨 다녀야 했다.

'그래! 행운은 없다. 진정한 행운은 로토 같은 게 아니다. 결단코! 절대로 말이다. 심지어 사람들의 행운을 좌지우지 한다는 코끼리의 운명도 그럴진데 내 운명이야 더 말할 나위가 있을라고…'

난 실망하고 말았지만 결국 모든 세상일도 알고 보면 모두 그런 식이었다.

거북이와 불운의 코끼리와 전쟁과 코브라의 머리와 나의 중구난방의 시대 고통과 알리바이와 어그러진 꿈. 자의반 타의반으로 그림이란 생업을 선택하게 된 코끼리. 코끼리란 행운의 상징과 변덕스런 운명이란 퍼즐이 조금씩 아귀를 맞추기 시작했다. 그때서야 나는 이제 나의 산만한 생각들을 정리해야 할 때가 되었단 생각이 들었다.

아! 그리고 그때서야 난 신화를 믿어야 한다는 생각이 들었다. 신화를 이해하기 시작했다. 세상을 살아온 많은 이들이 이야기해 주었듯이 코끼리도 결국 그 나름대로 많은 시련들을 이겨냈던 것이다. 변덕스런 운명을 맞을 때마다 고통스러운 불운의 제단을 거침없이 오르기 위해. ✳

김영강

본명 이영강(李鈴江). 경남 마산 출생. 저서로는 소설집 『가
시꽃 향기』『무지개 사라진 자리』, 중편소설집 『꿈꾸는 우
리 가족』, 장편소설 『침묵의 메아리』, 글벗동인 5인소설집
『아마도 어쩌면 아마도』 등 8권의 책과 그 외 한국학교 교
재 다수 출간. 미주한국일보 소설 신인상, 에피포도문학상
소설 금상, 해외문학상 소설 대상, 고원문학상, 미주톨릭
문학상 수상. 이화여대 남가주동창회보 편집장, 계간 미주
문학 편집장, 미주가톨릭문학 편집장 역임. 현재 미주한국
문인협회 회원. kaykim1211@gmail.com

남자 하나, 여자 둘 | 죽을 병 살 병 | 구품사
의 눈물 — 띄어쓰기의 눈물 | 그 40년 후에… |
지금 와서 후회한들…

남자 하나, 여자 둘

"나쁜 년! 세상에서 제일 나쁜 년…."

점잖은 이의 입에서 나온 뜻밖의 말에 나는 깜짝 놀랐다.

"그 여자 말이야! 뻔뻔스럽게!"

성지순례 여행길, 나의 룸메이트가 아까 낮에 줄 새치기한 여자 이야기를 풀어놓기 시작했다. 자기 사촌동생이 그 여자한테 남편을 뺏긴 이야기였다. 교육도 많이 받고, 젊은 사람들한테도 항상 존댓말을 쓰는 사람인 그녀가 '년' 자를 스스럼없이 붙이며 열불을 토했다.

"원수는 외나무다리에서 만난다더니, 그 나쁜 년을 하필이면 여기서 만날 게 뭐람!"

'그 나쁜 년'에 힘이 주어졌다.

줄 새치기는 비행기를 갈아탈 때 일어난 일이다. 다른 사람들이 길게 줄을 서 있는데도 불구하고, 갑자기 한 여자가 툭 튀어나와서는 맨 앞부분으로 쏙 들어가는 것이 아닌가? 계속 의자에 앉아 있다가, 비행기 탈 즈음에 발딱 일어서더니만 고개를 탁 치켜들고 말이다.

"어마나, 어마나!"

같이 줄을 서 있던 룸메이트가 나를 툭 쳤다. 정도 이상으로 얼굴을 찌푸리며 의미심장한 표정을 지으면서 그녀가 잘 아는 여자라고 했다. 그러나 그들은 아는 척도 안 했다.

순례단이 이곳 엘에이에서만 모집된 것이 아니라 다른 주에서도 더러 참가를 했는데, 그 나쁜 년은 시애틀에서 왔다고 했다. 새까만 쫄바지에 헐렁헐렁한 하얀 와이셔츠를 걸쳤었다. 척 봐서 아주 세련돼 보였다. 쇼트커트 머리에 고개를 빳빳이 치켜들고 탁. 탁. 탁. 걷는 모습이 활기에 찼다. 뭐가 그리도 자신만만한지 그 표정에서 '이 세상에서 내가 최고다.' 하는 것 같은 느낌을 받았다.

저녁에 호텔방에서 룸메이트의 얘길 듣다 말고 나는

경악했다. 그 사촌동생이 바로 내 친구 민희였기 때문이다. 너무너무 착하고 예쁜 여자, 어느 학교를 나오고, 어머니가 소설가 누구라는 말에 그 다음 말이 더 필요가 없었다.

이야기의 줄거리에 나는 너무나 놀라, '아니, 아니, 이럴 수는 없어. 민희가, 민희가 이렇게 고통을 당하다니…' 하고 성지순례 중인데도 불구하고 신을 원망했다.

나가다 말다 하는 교회이지만, 그래도 룸메이트와는 가까운 사이였는데 그녀가 민희의 사촌언니라는 사실을 나는 까맣게 몰랐었다.

룸메이트가 민희의 사촌언니라니… 그건 보통 인연이 아니다. 그냥 스스럼없이 언니란 호칭이 튀어나왔다.

언니도 내 손을 붙들고 "김 선생이 우리 민희 친구였다니…" 하고는 눈물까지 글썽였다. 그리고 이야기를 하면서 내내 흐느껴 울었다. 나도 울었다. 민희와 너무 오랫동안 소식두절이 돼버린 걸, 뼈저리게 후회하면서.

미국에 온 후, 나는 다시 공부를 하여 초등학교 선생이 되었다. 수업 준비에… 학생들 가르치느라, 또 집

안 살림에 애 셋 키우랴… 거기다 주말이면 시부모님이 늘 우리를 기다리고 계셨고… 참으로 바쁜 나날을 보냈기에 친구를 찾아보고 어쩌고 할 그럴 겨를이 내게는 없었다.

참 힘들게 살았다. 허나, 나의 지나온 세월을 어찌 민희의 세월에 비할 수 있으랴!

민희를 못 본 지 근 30년 만에 소식을 듣게 됐지만 모두가 다… 너무나 슬프고 뼈저린 사연들뿐이었다. 대학 시절, 그녀를 참으로 좋아했었는데, 아무리 바빴다 하더라도 왜 내가 그녀를 까맣게 잊고 살았는지 모르겠다. 아니다. 까맣게 잊은 것은 아니다. 언뜻언뜻 생각을 하며 같은 미국에 사는데, 어디에 살까? 한번 만났으면 얼마나 좋을까 하고 옛날의 그녀 얼굴을 그려보기도 했으니까.

그려보기만 하는 것, 그러나 그건 아무 소용없는 짓이다. 행동으로 옮겼어야지….

그러나 이제는. 아무리 보고 싶어도 볼 수도 없고, 아무리 만나고 싶어도 만날 수도 없게 돼버리고 말았다.

그녀는 이미 이 세상 사람이 아니었다. 2년 전에 하늘나라로 가버린 것이다.

그 나쁜 년이 채간 민희의 남편도 이 세상 사람이 아니었다. 암에 걸려 고생하다가 민희보다 먼저 세상 떴다고 한다.

대학에 갓 입학했을 때, 나는 민희를 참 많이 좋아했다. 이런 감정을 첫눈에 반했다고 하는 것일까? 남녀 간이라면 딱 들어맞는 말이다. 하지만 여자끼리인데도 그런 감정은 충분히 가능했다.

우리 과 애들 50명 중에 그녀가 유난히 눈에 띄었다. 물론 제일 예쁘기도 했지만, 예쁘다는 사실을 넘어서서 내가 받은 느낌은 특별했다.

하얀 얼굴에 키도 크고 늘씬하고, 어딘가 우수를 머금은 듯한 표정… 대학에 갓 입학한 나이답게 깔깔대고, 발랄하게 톡톡 튀는 그런 모습은 전혀 없었다. 참으로 고상했다. 어린 나이에 우아하기까지 했다. 아름다운 단어들을 다 갖다 붙여도 설명이 부족할 정도였다.

나는 공부시간에도 민희를 자주 바라봤다. 항상 창가에 앉은 그녀를 서너 줄 뒤에서… 뒷모습을, 또 옆모습을 훔쳐보곤 했다.

그러면서도 왜 나는 민희한테 아무런 말도 붙이지

못했을까?

그런데 그해, 여름방학에 민희는 결혼을 했고, 학교에서는 사라져버렸다. 멀찌감치서 바라보기만 하다가 나는 그녀를 잃고 말았다. 뭐가 그렇게 급했을까? 입학하고 1년도 채 되기 전에 결혼이라니….

그때 민희에게는 단짝이 있었다. 그 단짝이 민희가 떠나면서 한 말을 내게 전했다.

"나 시집가고 나면 너, 쟤하고 친하게 지내."

나를 가리키면서 말했다고 한다. 눈길만으로 그녀와 내가 통한 것일까? 내 좋아하는 감정이 그녀에게로 전해진 것이었을까? 어쨌든 그녀의 눈에 내가 비쳐졌다는 사실이 내게는 감동으로 다가왔다. 그리고 민희의 단짝은 내 단짝이 되어 우리는 4년 내내 친하게 지냈다.

민희가 시집살이를 아주 호되게 하고 있다는 소식이 바람결에 날아왔다. 일하는 사람이 둘이나 있는데도 그녀는 부엌에서 헤어나질 못했고, 친구는커녕 친정 식구들조차도 제대로 만날 수가 없다는…, 외출하는 것에도 완전 제한을 받고 산다는, 그런 내용이었다. 착하고 순수한 민희이니 아무리 고된 시집살이라도 고분고분했을 것이다. 눈에 본 듯 선하다. 그 당시의 시어머니는 그녀에게는 법이었고 하늘이었을 테니까.

그 후, 민희가 미국으로 갔다는 소식이 들렸다. 남편이 미국 굴지의 IT 회사 연구원으로 발탁이 되어 올망졸망한 아이 셋을 데리고 한국을 떠난 것이다. 그녀의 경우에는 속박에서 자유를 찾았으니 참으로 기쁜 일이었다. 그러나 시어머니보다 더 악독한 여자가 미국에 버티고 있을 줄, 그 누가 알았겠는가?

참, 너무너무 기가 막히고, 분하고 원통하다. 남편이 같은 회사에 근무하는 대학 후배와 바람이 났다는 것이다. 그 여자가 아예 작정을 하고 둘을 갈라놓았다고 한다. 그러나 민희는 집을 나가버린 남편을 눈이 빠지게 기다렸다니…,

왜 그랬을까? 왜 그렇게 고분고분했을까? 눈이 짓무르도록 울고 또 울면서, 행여나 하고 남편을 기다린 민희!

아침에 눈을 뜨면 남편이 집에 돌아와 있을 것 같은 상상을 수없이 했고, 차 소리에 귀 기울이며 밤을 지새우다가 벌떡 일어나 길거리로 나가 남편 차가 금세라도 보일 것 같은 기대감에 부풀어, 저 길모퉁이를 뚫어지게 응시했다니….

민희도 사람인데 분노로 들끓는 때도 있었을 것이다. 그러면 남편 귀싸대기라고 후려치며 멱살을 잡았어야 했다. 그러나 멱살은커녕 바짓가랑이를 붙잡는 그녀를 남편은 패대기쳤다.

인간관계는 상대적인 것이라 했건만 그녀는 주기만 하는 사랑을 했다. 그것이 숭고한 참사랑일까? 아니면 바보나 하는 헛사랑일까?

하지만, 나의 친구 민희는 아이 셋을 아주 잘 키워냈다. 그리고 못다한 공부에 매달려 박사학위까지 따고 홀로서기에 당당히 성공했다. 정말 훌륭하고 장하다.

교회 언니가 그랬다. 첨엔 민희가 하얀 코스모스처럼 하늘거리다가, 가시 돋친 선인장으로 변하더니, 나중에는 모든 것을 다 포용하는 활짝 핀 해바라기가 되었다고.

해바라기로 활짝 펴 홀로 우뚝 서게 될 때까지의 민희가 겪은 고충이 오죽했겠는가? 쌓이고 쌓인 고충! 그리고 가슴 깊은 곳에서는 조마조마하고 후들거리는 옛 감정이 늘 잔재해 있었을 것이다.

어느 날, 갑자기 심장마비가 왔다고 하지만 어디 그게 하루아침에 쏜살같이 달려왔겠는가?

김영강

다시금 분통이 터지며 신이 있다면 따지고 싶다.

 '진짜, 죽을 년은 저렇게 멀쩡하게 잘만 살고 있는데, 왜 착한 내 친구가 죽어야 합니까? 신이 계시다면 말 좀 해 보세요. 뭐요? 거기에는 다 뜻이 있다구요? 무슨 뜻요? 그 뜻을 저는 도저히 모르겠사오니 대답을 좀 해보시라구요.'

 혼란과 의문을 과제로 던져준 성지순례 여행에서 돌아온 지 일주일 후, 교회 언니가 낡은 편지 한 장을 불쑥 내밀었다.

 "아이구, 이거 찾느라구 애 많이 먹었네. 온 집안을 다 뒤집었어. 아무튼 읽어보셔."

 내가 분통을 터트리며 따지고 들었던 내용에 대한 민희의 정신적 대답이라는 설명이었다. 그 내용은 이러했다.

 '아버지와 어머니, 두 분의 말씀이 나를 살렸어요.

 내가 어린 나이에 결혼하겠다고 막무가내로 떼를 쓸 때,

 모두들 반대를 했는데, 아버지가 말씀하셨죠.

 난 널 믿는다. 너 스스로에게 부끄럽지만 않으면 된

다.

내가 어려운 결혼생활로 분노에 차 있을 때, 이번에는 어머니가 말씀하셨어요.

참아라. 네가 택한 길이다. 지는 것이 이기는 것이다.

두 분의 말씀이 날 살렸어요.

난 널 믿는다.

지는 게 이기는 거다.'

편지를 다 읽은 나는 한참 하늘을 올려다보았다.

아, 그렇구나. 내 친구 민희는 그렇게 이겨냈구나. 함부로 하나님께 따질 일이 아니로구나. 그렇게 겨우 이해는 했지만, 흔쾌히 공감할 수는 없었다. 제대로 공감하려면 오랜 시간이 걸릴 것 같다.

저 하늘 끝자락 구름 사이에서 환히 웃고 있는 민희의 얼굴이 보인다. 무척 행복해 보인다. 남편을 만나서일까?

가만히 생각을 해보니, 민희가 남편을 참 많이 사랑한 것 같다. 주기만 한 참사랑이었다. 스물도 채 되기 전에 결혼이라는 수레를 타고 남편 따라 훌쩍 가버리더니, 육십도 되기 전에 또 남편 따라 하늘나라로 홀쩍 떠나버렸으니 말이다.

저 하늘 끝자락을 올려다보며 그녀의 이름을 가만히 불러본다.

민희야…! ⸙

죽을 병 살 병

20년을 별 탈 없이 잘 살아왔는데 이제 와서 뭐 하러 긁어 부스럼을 만듭니까? 제 나이 지금 70 고개를 넘어섰다고요.

아직도 운전 쌩쌩 잘하며 나다니고 있고, 크고 작은 일에 봉사도 할 수가 있는데 말입니다. 그리고 문제는 아무 증상이 없다는 겁니다. 숨이 차느냐, 식은땀이 나느냐, 기침이 나느냐, 열이 나느냐, 등등… 의사가 꼬치꼬치 캐 물었으나 제게는 다아 해당사항이 아니었으니까요.

20년 전, 다른 검사를 하다가 폐가 잡혔는데, 거기에 뭐가 보인다는 것이었어요. 뭐? 케베디라나? 구멍인지 종양인지 하는 것이 자릴 잡고 있다고요.

그때도 역시 주치의와 실랑이를 벌이다가 결국은 폐

전문의한테까지 가긴 했었어요. 시티를 들여다보던 의사 말이 지금 당장은 조직검사를 할 필요가 없고, 좀 더 두고 보자며 1년에 한 번씩 시티스캔을 찍어보자고 하데요. 그의 표정이나 말투가 그저 덤덤했어요. 그 후, 보험도 바뀌고 주치의도 바뀌고, 또 아무 탈도 없고 해서 그냥 넘어가버렸네요

참 그리고요, 그때 또 하나의 장기에서 이상이 발견됐었어요. 담낭에 결석이 무지무지 많다는 것이었어요. 언제부터 어떻게 그렇게 많은 결석이 생겼는지 모르겠지만, 역시 아무런 증상은 없었어요.

그런데 주치의가 담낭 절제 수술을 권했답니다. 지금 결석이 보통 많은 게 아닌데, 크게 아프기 전에 담낭을 떼어내는 것이 가장 현명한 방법이라고요. 의사 자신도 담낭 떼버린 지가 오래됐다면서, 살아가는 데에 아무 지장이 없다는 걸 강조했어요.

그래서 담낭이라는 장기가 우리 인체에 없어도 되는 건가? 하고 인터넷에 들어가 요라조리 돌아다녀 보았죠. 한데 그런 말은 없었으나 공부는 많이 됐어요.

담석이 아무리 많다 하더라도 영원히 안 아플 수도 있는데, 그 챤스는 50%/50%이었어요. 운이 좋으면 평생 그냥 넘어갈 수도 있다는 애기겠지요. 그리고 담

석의 60~80%는 증상이 없답니다.

그 당시, 제가 다니는 회사가 방계회사끼리 통합을 하게 되어 곧 타주로 이전을 하게 돼 있었어요. 앞으로의 1년 동안은 월급과 건강보험이 지급되게 돼 있었고요. 사실 제 보험이 끊어진다 해도 남편 회사 보험에 합류하면 되니까 아무 문제가 없는 상황이었어요.

그러나 그냥 의사가 시키는 대로 담낭을 떼어버리기로 결정을 하고, 외과 전문의에게 진단을 받고 수술날짜까지 잡아 놓았는데… 그 사흘 전 주말에 남편 친구들 모임에 갔다가, 이런저런 얘기 끝에 제가 담낭 제거 수술을 한다는 말을 했지요. 그래서 병은 자랑해야 된다는 말이 있나 봅니다. 그 자리에 의사들도 끼어 있었어요.

"아니, 담낭을 떼버린다고요? 아프지도 않은데요? 아프지도 않은 담낭을 보험 좋을 때에 떼버린다는 이야기는 살다살다 처음 듣네요."

"수술을 하려면 전신마취를 해야 되는데, 왜 아무 통증도 없는 담낭을 떼냅니까?"

"뭐요? 담낭은 필요 없는 장기라구요? 그러면 창조주께서 왜 필요도 없는 담낭을 만들어 붙여놨겠습니까?"

거기에 모인 친구들이 이구동성으로 반대를 했어요. 그리고 담낭결석은 통증이 심하게 올 때, 수술을 하는 거라네요. 제 맘도 확 바뀌더라고요. 물론 수술은 취소했지요.

그리고 아무런 조치도 안 하고 산 지가 20년이나 됐지만, 그간에 제 담낭은 아무 통증 없이 건재했고, 폐도 마찬가지입니다.

그런데 말입니다. 이번에 피검사 결과 간수치가 안 좋아 초음파 검사를 거쳐 간 시티를 찍었는데 또 폐가 잡히고, 담낭결석도 잡혔지 뭡니까?

간 시티 결과를 보는 날, 의사가 놀라서 물었어요.

담낭결석에 대해서는 그냥 대수롭지 않게 넘어가고 폐에다 중점을 두었어요. 참, 의사마다 보는 관점이 다 다르네요.

"아니 폐에 종양이 있네요? 크기가 2.4cm입니다. 2.4면 이거, 작은 크기가 아닙니다."

그래서 저는 20년 전 발견이 된 이야기를 제 의견까지 덧붙여 자초지종 늘어놓았지요. 그래도 우선 폐 전문의한테는 가봐야 한다고 의사는 강조했어요. 현재는 간보다 폐가 더 급하다고 하면서 폐 시티스캔을 다시 찍어야 하고 조직검사를 해야 하며, 유사시에는 수술도 해야 한다고 우기네요.

제가 꼬치꼬치 묻지는 않았으나 이번 시티의 주범인 간에는 별 이상이 없는 것은 확실했어요. '아, 간에는 아무 이상 없습니다.' 하고 속 시원하게 말을 해주면 오죽 좋으련만, 의사는 좀 더 두고 보자는 말로 간은 뒤로 미루고, 폐를 물고 늘어지는 것이었어요.

이 나이에 쑤시고 파헤쳐 봐야, 무슨 대수가 있겠습니까? 더구나 밖으로 드러나는 증상은 아무것도 없고 저는 여전히 잘 살고 있거든요.

만일 무슨 '악' 짜가 붙어있었다면 20년 동안에 일이 터져도 몇 번은 터지지 않았겠어요? 그러니 그게 별 게 아닌 것은 확실합니다.

만일, 조직검사를 해서 악성종양이라는 판정이 난다 해도 저는 치료를 받을 생각은 추호도 없습니다.

실은 제가 겉으로 보기에는 지극히 멀쩡하지만… 고혈압에 당뇨에 고지혈증 등, 성인병이란 성인병은 다 붙어 처방약을 한 줌씩 복용하고 있답니다.

한데, 말입니다. 혹시 제가 이런저런 약을 매일 아침

저녁으로 몇십 년 동안 복용해서 폐에 그런 게 생기고, 담낭에도 결석이 생겼을까요?

이번에도 인터넷 들어가서 요리조리 살펴보았지요. 제가 생각한 의심쩍은 얘기는 없었고, 콜레스테롤이 높을 경우에는 담낭에 결석이 생길 수 있다는 정보는 얻을 수 있었습니다. 하지만 저는 약을 두 종류나, 그것도 높은 함량으로 먹고 있어 잘 조절이 되고 있습니다.

"맨날 혼자 진단하고, 혼자 판정 내리고… 뭐야? 자기 몸은 자기가 젤 잘 안다고? 인터넷에 들어가면 다 알 수 있다고? 그러니까 인터넷은 병원이고 당신은 의사로오… 구나…."

뒷말을 길게 늘어뜨리며 남편은 한심하다는 듯 나를 빤히 바라보다가 말을 바로 이었어요.

"뭐, 참는 게 좋은 건 줄 알아? 세상에 젤 미련스런 짓이지. 계속 그딴 식으로 나오면 애들한테 다 말할 거야. 애들도 알아야지 그렇게 혼자서만 끙끙 앓으면 병이 더 큰다구… 더 커…."

남편의 언성이 확 높아졌어요. 남편이 몰랐으면 좋았을 걸, 어쩌다 그날은 병원에 같이 가게 되어 그만

몽땅 알아버렸지 뭡니까?

끙끙 앓다니? 내가? 기가 차서 제 목소리도 옥타브가 올라갔어요.

"끙끙 앓아? 누가? 내가? 난 끙끙 안 앓아. 내 맘은 지극히 편하다구."

"당신이 뭐 성인군자야? 괜히 아무렇지도 않은 척 그러지 마. 나이 70에 뭐? 다 살았어? 지금은 100세 시대야! 100세! 어떻게 해서라도 병을 고쳐 이 좋은 세상에서 오래오래 살 생각을 해야지, 인생을 포기한 사람처럼 왜 그래?"

뭐 이 좋은 세상? 만일에 키모받고 수술하고 등등으로 이어지면 고통이 심할 텐데 세상이 뭐 그리 아름답겠습니까? 죽을 맛 아니겠어요?

사실, 저는 그렇습니다.

지금 이 세상을 떠난다 해도, 그리 슬프지는 않아요. 괜찮아요.

제가 없어서는 안 되는, 그런 일도 전혀 없고요. 남편도 애들도 손주들도 성능 좋은 기계에 기름칠을 잘 해놓은 것처럼 잘 돌아가고 있으니 제가 없어도 아무런 지장이 없습니다. 가족 모두 행복하거든요. 저도 마찬가지고요.

뭐라고요? 행복하니까 행복을 더 누리며 더 오래 살아야 된다고요? 그것도 말 되네요. 하지만, 사람의 앞날이란 누구도 예측할 수 없잖아요. 폐 끼칠 일 생기기 전에, 지금 행복할 때 가는 것… 저는 정말, 괜찮습니다.

"인제는 진짜야. 더 이상 질질 끌면… 나, 애들 부를 거야!"

애들? 끄떡하면 애들한테 말한다고 겁을 주지만, 자식이라는 게 실은, 부모의 병으로 인해 못 견딜 만큼 그리 괴로워하지는 않지요. 그렇다 하더라도 저는 애들한테 깃털만치도 짐을 지우기가 싫습니다. 암만해도 신경은 쓸 테니까요. 애들이 알면 분명히 조직검사 해야 한다고 우길 것이 뻔합니다. 차라리 저도 몰랐더라면 더 나을 뻔했어요. 모르는 것이 약이잖습니까?

남편은 계속 성화를 부리며, 일단 폐 전문의한테 가보고, 그 다음 일은 그담에 결정하자는 것이었어요.

"듣기 좋은 소리도 한두 번이면 족해요. 제발 부탁이에요. 이제 간섭 좀 그만해요. 20년 전에 발견이 됐는데도 그간에 아무 탈 없었잖아요. 탈이 났으면 벌써 났지. 그러니까 앞으로도 별 탈 없을 거라구요. 내 일은 내가 알아서 할 터이니 제발 잔소리 좀 그만 하세요!"

그렇지요? 그냥 그대로 안고 살아갈 마음에는 변함이 없는데 폐 닥터한테는 뭐 하러 갑니까? 그리고 노인이 되면 종양도 늙어서 왕성한 활동을 못 하지 않겠습니까? 웃기는 사실은, 그동안에 저는 제가 노인이라는 걸 모르고 살았어요. 70 고개를 넘어섰으니 노인인 건 확실하지요?

결국은 남편도 지쳤는지, "이제 나는 몰라. 나는 더이상 신경 안 쓸 거야. 당신 말대로, 당신 일은 당신이 알아서 하라구." 하며 귀찮은 듯이 한마디를 내뱉더군요.

요즘 가만히 보니, 진짜로 신경을 통 안 쓰는 것이 확실하게 느껴집니다. 그 대신 본인의 건강에 부쩍 더 신경을 쓰는 것 같아요. 저는 도리어 편합니다.

제 남편은요… 젊을 적부터 자기 몸 위하는 거 하나는 끝내줍니다. 그래서인지 저하고 동갑이지만 저보다 훨씬 젊어 보여요. 지금도 골프를 일주일에 두 번씩 정기적으로 치고, 급하게 부르는 경우가 생기면 또 뛰어나가고요, 그러면서도 운동으로 몸 관리를 하고, 건강에 좋은 것만 골라 먹습니다.

폐로 인해 한참 실랑이를 한 얼마 후입니다. 배가 쌀쌀 아팠어요. 속이 메슥메슥하고, 아주 드물게는 구역질이 나기도 하구요. 확 토해버리면 속이 후련할 것 같은데 토해지지는 않고 가슴만 답답했어요. 뭘 잘못 먹어 체한 것 같았어요. 쉽게 말하면 소화가 안 되는 거지요. 그까짓 소화 안 되는 건, 저절로 낫는 병 아닙니까? 병도 아니지요.

혹시 신경성 배앓이인가? 하는 그런 생각도 언뜻 들었어요. 겉으로는 태연한 척하고 있으나, 폐로 인한 갈등이 저 마음속 깊은 곳에서는 요동을 치고 있을 수도 있지 않겠습니까? 저도 인간이니까요.

아니면, 이게 혹시? 담낭결석 때문에 생긴 증상이 아닐까? 하고, 예전에 인터넷에서 얻은 정보 생각이 나서 얼른 인터넷에 들어가 다시 뒤져보았습니다. 예감은 적중했습니다.

그리고 또 하나의 통증이 겹쳐왔습니다. 아주 드물게 느끼는 통증이지만, 이런 증상이 가끔 있었어요, 기미가 슬슬 오기 시작하면, 저는 금세 감을 탁 잡습니다. 의사 말씀은 위산역류 현상이라고 했어요.

그때도 인터넷을 뒤져보았지요. 물론 위산역류 현상은 확실했고요. 한데 심장에 이상이 있어도 똑같은 통증이 오니 반드시 의사와 상의하라고 나와 있었어요. 생명이 위험할 수도 있는 심근경색 말입니다. 근데 의사 말씀은 제 경우는 99%가 위산역류 현상이라고 했어요. 심전도 검사를 해봤는데도 심장은 완전 정상으로 나왔으니까요.

참 웃겨요. 정작, 문제의 주인공인 폐에서는 아무 기별이 없는데, 다른 것들이 '나 여기 있소.' 하고 반갑지 않은 얼굴을 불쑥불쑥 내미니 말입니다.

한데요… 며칠 후, 한밤중에 일이 터지고 말았습니다. 숨이 끊어질 것같이 배가 아픈 거예요. 배를 움켜쥐고 똘똘 굴렀어요. 이마에 식은땀이 흘렀어요. 태어나서 생전 처음 겪는 통증이었습니다. 도대체 어떻게 표현을 해야 할지 말로도 글로도 설명할 수가 없습니다. 웬만하면 참는다고 큰소리 빵빵 치던 제가 정말이지, 이건 웬만을 훨씬 넘어서서 도저히 참을 수가 없었어요. 물론 말도 안 나오고요. 숨도 못 쉴 정도였어요. 그뿐만이 아닙니다. 가슴이 아프면서 위산역류 현상까지 겹쳐왔어요. 가슴이 조여들며 타는 듯이 아팠어요. 머리도 아프고, 눈알도 무겁고요.

이거원…. 배 아파, 가슴 아파, 머리 아파…. 한꺼번에 막 겹쳐서 아픈 겁니다. 남편 생각이 제일 먼저 났어요.

한데 남편과 각방을 쓰고 있어, 그는 이층에, 저는 아래층에 있는 상태라 그를 부를 수가 없었어요. 각방 쓰기 시작했을 때는 세상 편하고 좋아서 춤이라도 추고 싶었는데 말입니다.

'셀폰을 머리맡에 둘 걸!'

침대에서 겨우 내려와 마룻바닥에 손바닥을 짚고 힘을 주며 엉덩이를 밀고밀어 거실까지 겨우 나와, 집 안에 있는 불이란 불은 다 켰습니다. 세상에 세상에… 불 하나 켜기도 그렇게도 힘들 수가… 벽을 짚고 겨우 일어나 배를 움켜잡고….

어떻게 해서 남편에게 알려야하나, 오직 그 생각뿐이었습니다.

'아니지, 아니지. 잠이 깊이 들면 업어가도 모를 사람이니, 911을 먼저 불러야지.'

그러나, 그러나… 탁자 위에 늘 두던 내 셀폰이 눈에 띄지 않았어요. 어디다 두었는지 생각조차 안 났어요. 머릿속까지 하얗게 질려버린 듯했습니다.

'집 전화를 괜히 없앴네. 그대로 둘 걸.'

양동이라도 두들기고, 북이라도 치고 싶었습니다.

벽에 비스듬히 기대앉아 숨을 몰아쉬면서 계단을 올려다보니 도저히 올라갈 엄두가 안 났어요. 자그마한 타운하우스의 그리 높지도 않은 계단, 여느 때는 나르듯이 오르내렸는데 말입니다.

'죽을힘을 다하더라도 올라가야지.'

이제, 나는 죽을힘을 다해 살려고 안간힘을 쓰고 있습니다.

그때, 마침 탁자 위에 티브이 컨트롤이 눈이 띄었어요. '아, 그렇지.' 하고 저는 티브이 볼륨을 있는 대로 다 높였습니다. 티브이가 터지기라도 할 듯 왕왕거렸으나 이층에서는 금세 기별이 없었어요.

할 수 없어 배를 움켜쥐고 궁둥이를 밀면서 앉은뱅이가 되어 계단 앞까지 갔는데 드디어 남편이 나타났어요. 계단 저 위의 그가 바로 구세주였습니다.

앰뷸런스만 온 게 아니라, 불자동차까지 왱왱거리고 달려와 사방팔방이 불난 것처럼 훤했습니다. 이렇게 야단법석일 줄 저는 몰랐습니다. 라이트는 계속 뻔쩍뻔쩍해 온 동네가 들썩들썩, 흔들흔들 했습니다. 주민들이 잠옷 바람으로 튀어나오고요 새벽 한 시쯤이었어요.

긴 가죽장화를 신은, 키가 장대 같이 큰 흑인 두 명이 성큼성큼 집 안으로 들어오더니 혈압부터 재었어요. 200에 100, 어쩜 그리도 딱 떨어지는 숫자가 나왔는지… 저는 바로 들것에 실려 앰블런스에 부려졌습니다. 의식조차 가물가물했어요.

그러나 왱왱거리는 사이렌 소리는 선명하게 들렸습니다. ✻

구품사의 눈물
— 띄어쓰기의 눈물

안녕하세요? 제 이름은 구품사입니다. 요즘 저는 심각한 고민에 빠져 있습니다. 좋게 말해서 고민이지, 진짜는 아주 심한 고통을 겪고 있답니다. 사람들이 제 자식들을 너무 함부로 막 대하기 때문이에요. 우리에게는 띄어쓰기라는 엄연한 규칙과 질서가 있는데 여러분이 그 규칙과 질서를 무시해서 제 자식들이 아파하고 있답니다.

지금, 사람들이 살고 있는 현실과 비슷합니다. 사람들이 규칙을 잘 지켜 질서가 딱 잡히면 법 없이도 살 수 있는 게 세상 아닙니까? 보세요. 세상 돌아가는 게 어디 그런가요?

사람도 아닌 제가 이런 말, 하는 거 용서해 주세요. 주제파악을 못 했네요. 죄송합니다.

김영강

저는 자식이 아홉 명이나 돼요. 웬 자식이 그렇게 많으냐고요? 옛날 사람이라 그렇게 됐어요. 요즘 젊은 이들처럼 하나 둘만 낳았더라면 간편하고 좋았을 것을 말입니다. 그랬다면 여러분도 얼마나 편하고 좋았겠어요? 글쓰기가 누워 떡먹기였을 겁니다. 스트레스도 받지 않고. 금세 소설 한 편 썼을 거예요. 허지만 글은 무미건조 했을 걸요? 물론 재미도 없고요. 품사 한둘만 가지고 무슨 좋은 글이 나오겠어요?

아이들 이름을 다 기억하느냐고요? 그럼요. 자식 이름을 모를 리가 있나요? 첫째는 명사이고 둘째는 대명사, 셋째는 수사, 그리고 막내는 조사예요. 그 중간에 다섯 놈이 더 있는데 엄마인 저를 따라 다 '사'자 돌림이랍니다. 이름을 다 얘기하라고요? 그럼 하지요. 넷째가 동사, 그 다음이 형용사, 관형사, 부사, 감탄사입니다. 예전에는 접속사라는 놈도 있었는데 그놈은 그냥 부사에 포함돼 버렸어요.

아니, 아니, 또 있었어요. '있다, 없다'를 지금은 형용사에 집어넣는데 옛날에는 지정사라고 분류했었지요. 순 우리말로는 잡음씨라고 했어요.

참, 그러네요. 잡음씨처럼 옛날에는 제 자식들 이름이 순 우리말이었어요. 돌림자가 "씨"자였어요. "옛날

이름 알아서 뭐해. 골치 아파."하고 손사래를 치시는 분이 있겠지만 한 번 들어보세요.

이름씨, 대이름씨, 셈씨, 움직씨, 그림씨, 매김씨, 어찌씨, 느낌씨, 토씨…. 참 그리고 지금 문법이라고 하는 단어를 그때는 말본이라고 했어요. 말 되지요? 이제 옛날 이름들은 사용하지 않으니 옛날 얘기는 여기서 그칠게요.

그리고 문교부 높은 양반들이 제멋대로 원칙을 자꾸 바꾸니, 또 언제 어찌될지 모르잖아요? 골치 아파요. 골치 아파. 그러니 지난 과거사는 모르는 것이 약입니다.

하루는 막내가 막 울면서 하소연을 했어요.

"엄마, 나는 항상 세 형인 대명사, 명사 수사 뒤에만 붙어서 살아야 하는 엄연한 규칙이 있는데 사람들이 나를 찢어 발겨 홀로 있게 하니 상처가 아물 날이 없어요. 저는 혼자서는 도저히 살 수 없는 거 엄마도 잘 알잖아요. 너무 힘들어요. 형들도 나한테 다가올 수가 없으니 나를 바라보면서 눈물만 흘려요."

나도 울면서 말했어요.

"그래, 그래. 조금만 참아. 사람들이 아직 잘 몰라서 그래. 좀 있으면 형들한테 붙여줄 거야."

"근데, 엄마. 사람들은 참 이상해. 내가 '이' 가 '은' '는' '을' '를' '로' '으로' '에' '에서' '에게' '도' 등으로 쓰일 때는 붙여 주다 또 띄어 주다 자기네들 맘대로 막 흔들다가 '만' '뿐' '대로' '마다' '처럼' '같이' '밖에' '보다' '부터' '까지' '조차' '이다' 등으로 쓰일 때는 꼭 띄어 놓는다고요. 그럴 땐 그만 피가 철철 흘러요."

"그래 알아. 그땐 사람들이 네가 조사인 줄을 몰라서 그럴 거야. 네가 두 개 이상 겹칠 때도 마찬가지지? 붙이는 사람이 많아 띄는 사람이 많아?"

"물론 띄는 사람이 훨씬 더 많지요. 그럴 땐 더 아파요. 팔 다리가 다 찢어진다고요."

애기를 듣고 있던 명사가 자기도 할 말이 있다면서 불평을 하기 시작하네요.

"엄마, 나도 마찬가지예요. 다른 형제들과는 달리 나는 또 갈라졌잖아요? 보통명사, 고유명사, 추상명사, 의존명사… 그중에서도 의존명사에 문제가 많아요. 분명히 띄어 써야 하는데 사람들은 그걸 몰라요. 어떤 때는 조사인 줄 알고 붙여 놓는다니까요. 붙어서 끌려 다니려니 힘들어 못살겠어요."

아이구, 이를 어째요. 명사가 불평을 늘어놓으니 다

른 자식들도, "엄마, 나도 나도…." 하고 야단이네요.

"그래. 다 안다. 다 알아. 그래도 너희들은 좀 컸으니 아파도 참을 수 있지만 막내인 조사가 제일 문제다. 문제야. 저렇게 맨날 멍이 들고 피를 흘리고, 또 혼자서는 도저히 살 수가 없는데 형들이랑 떨어져 있으려니 기댈 데도 없고 말야."

다들, "그래. 그래. 막내가 너무 불쌍해. 그 어린 것이 불쌍해. 불쌍해." 하고는 본인들의 고통은 다 참겠다네요. 에구구, 착한 내 새끼들.

구품사라는 이름을 가진 엄마인데도 불구하고 저는 저 위에서 꼼짝 않고 서 있기만 해야 하니, 참 답답하고 한심합니다.

한데, 아버지는 누구냐고요? 글쎄요. 아마도 문교부의 높은 양반 중의 한 사람이 아닐까 하는 생각이 듭니다. 제 자식들을 제멋대로 쥐고 흔드니까요.

짜장면만 해도 그래요. 어느 날 느닷없이 짜장면은 안 된다, 자장면으로 써라는 추상같은 명령이 내려왔잖아요? 그러면 짬뽕도 잠봉으로 고쳐야 맞을 텐데… 짬뽕은 그대로입니다. 이건 일본말이라서 그렇다나요?

국민들 불만이 터져 나오자 이번에는 자장면도 맞고 짜장면도 맞는다? 하지만 여러분! 짜장면이라고 해야 입맛이 돌지 않습니까? 자장면… 하니까, 어째 맛이 없을 것 같아요.

소문에 따르면 한글 학자들 사이의 힘겨루기 때문에 맞춤법도 그네를 탄다는 말이 있어요. 옛날엔 무슨 대학 아무개 교수파와 무슨 대학 아무개 교수파 사이의 힘겨루기가 대단했었다고 합니다.

이게 다… 지만 잘났다고 세상사는 규칙을 안 지키니 질서가 무너져서 생기는 알력 아닙니까? 그러니 내 새끼들만 이리 치이고 저리 치어 상처투성이가 되지요.

거기다가 여러분까지… 죄송합니다. 그러나 할 수 없어요. 오늘의 주제는 띄어쓰기이고, 우리 자식들이 그 때문에 아직 아파하고 있으니까요.

그중에서도 막내인 조사가 제일 고통을 당하고 있어요. 뒤에 붙여야 하는 조사를 앞에 붙여 놓으면 그 내용이 완전 달라져 버리잖습니까?

"아버지 가방에 들어가신다."

아버지가 무슨 연유로 가방에 들어갑니까? 이게 다 조사의 규칙을 무시하여 질서가 무너져 버린 것이니, 조사는 아픕니다. 눈물을 흘리지요.

어디 조사뿐인가요? 내 다른 자식들도 더러는 울고 있는데 여러분들은 "아니 이게 뭐야? 이게 뭐야? 뜻이 완전 달라져 버렸잖아." 하고 깔깔거리며 웃을 때가 있으니 이거 미치고 환장할 노릇입니다.

"게임 하는데 자꾸 만진다."고요? 누가 만진대요? 옆의 남자가요? 그게 아니잖아요. "게임 하는데 자꾸 만 져요."가 맞지요. '만'이 어디에 붙느냐에 따라 뜻이 완전 탈바꿈을 했잖습니까? 아주 창피해 죽겠어요.

어디 그뿐인가요? "무지개 같은 사장님"이 "무지 개 같은 사장님"으로 둔갑을 하고요. 규칙이 안 지켜지니 질서가 무너져서 문장이 완전 뒤집어져 버립니다.

우리 한글에서 띄어쓰기를 포함한 모든 맞춤법은 결국 말과 말 사이 관계에서 오는 규칙이고, 거기서 나오는 질서라고 저는 생각합니다.

현실 세계도 같은 이치입니다. 맞춤법 지키듯 세상의 규칙을 잘 지키면 질서는 저절로 잡힐 터이고요. 이게 바로 세상을 아름답게 만드는 지름길일 수 있지요.

또 주제 넘는 소리를 했네요. 사람도 아닌 것이.

그런데요, 일본말이나 한문은 띄어쓰기가 없다고 합니다. 우리 옛말에도 띄어쓰기가 없었고요. 근데, 저는요, 띄어쓰기는 꼭 필요하다고 생각해요. 위에서 말씀드린 바와 같이 다 붙여 놓으면 그 뜻도 이건지 저

건지 금세 분간이 안 돼 혼동이 오고, 보기에도 정신 없고, 눈도 어지럽지 않겠어요?

띄어쓰기가 잘된 글은 신뢰감을 줍니다. 상품 선전을 하는 광고의 글이 엉망일 때는 그 상품의 질이 툭 떨어지고 맙니다. 안 사요. 안 사.

그러니까 말과 글은 사람의 마음을 담는 그릇이라고 해도 과언이 아닙니다.

제발 부탁합니다.

여러분이 규칙을 무시하고 제 자식들을 함부로 막 대하면 우리는 다 뿔뿔이 흩어져 가정파탄이 나고 맙니다. 흩어져 떠돌다가 멍들고 병들어 제 구실을 못 해요. 그러면 여러분의 글도 힘을 못 쓰고 비실거리다가 결국은 쓰러지고 맙니다. 큰 낭패지요. 큰 낭패.

간곡히 부탁드립니다. 규칙과 질서를 지키면서 제 자식들을 좀 소중하게 다루어 주세요. 그렇게만 해주시면, 우리 자식 아홉이 여러분을 한껏 도와, 쓰시는 글마다 최고의 좋은 글로 만들어 드리겠습니다.

좋은 글이 쏟아지면 세상도 더 아름답고 환해질 거예요. ✏

그 40년 후에…

"감사합니다. 감사합니다."

참 감사하다. 언제부터인가 미영은 아침에 운전대를 잡을 때마다 "감사합니다." 하고 입술을 달싹거린다.

정말, 힘든 세월이었다. 지금 와 생각하니 아찔하기까지 하다. 그 세월을 어떻게 견뎌내면서 직장생활을 계속할 수 있었는지… 아마 젊음이라는 힘이 그만큼이라도 지탱을 해준 것이 아닌가 싶다.

세 아이 키우랴 직장생활 하랴, 그야말로 눈코 뜰 새 없이 바쁜 세월을 보낸 그녀는 50 중반을 넘어선 요즘에야 조금은 고삐를 늦추며, 송두리째 잊고 살아온 자신을 돌아보기도 한다.

미영은 지금 로스앤젤레스에 있는 아이티 회사에서 컴퓨터 프로그래머로 일하고 있다. 직장에서 만나 결혼한 남편은 딱 10년 살고 저세상으로 가버렸다. 위암이었다. 부모의 도움 없이 일찌감치 유학길에 올라 너무 고생을 한 탓일까?

직장에서 미영이 프로그래머로 우뚝 서게 된 것도 그의 덕이 컸다. 컴퓨터 시스템 총책임자였던 그가 미영의 실력을 일찌감치 인정을 하고 그녀를 키워준 것이다. 하나를 가르치면 열을 안다는 말까지 하며 그는 미영을 좋아했다. 회사 일은 물론, 남편으로서도, 아빠로서도 책임을 다한 그였다. 그런 남편을 미영은 존경했다.

그렇게 일찍 세상을 떠나려고 매사에 그리도 완벽했을까?

너무나 숨차게 달려온 인생이다, 이제는 좀 쉬엄쉬엄 살고 싶다. 직장생활을 한 지가 근 30년, 조기은퇴할 날도 멀지 않았다. 아이들도 다 자립하여 미 주류사회에서 성공적인 삶을 살고 있으니 앞으로는 자신만 챙기고 싶은 마음이 강하게 치민다.

요즘은 거울을 보기가 싫다.

예뻤던 여자도 안 예뻤던 여자도 반세기 이상의 인생을 살다보면 평준화가 돼버리지만, 잘 늙은 얼굴은 우아하고 편안해 보인다. 그러나 그녀는 그렇게 늙지를 못했다. 어릴 적부터 얼굴 예쁘다는 소리를 듣고 자랐으나, 지금은 아니다. 피곤에 찌든 얼굴에, 눈언저리뿐 아니라 얼굴 전체의 피부가 축축 늘어져 있다.

체중도 많이 불어 사이즈 식스가 이제는 그 두 배보다도 더 늘어났다. 뼈대가 크고 키도 유난히 커 여성스러운 면이 조금도 없다. 20대 때는 큰 키에 아주 말라깽이라 모델을 해도 될 몸매였는데, 30년이라는 세월이 그녀를 완전 디른 여자로 바꾸어놓았다.

옷도 편한 것이 좋아 훌렁훌렁한 바지에 블라우스만 걸치고 다닌다. 그녀는 혼자 쓰는 자신의 사무실에 앉아 컴퓨터만 들여다보기에 멋하고는 점점 거리가 멀어졌고, 또 너무 바쁘다 보니 자기를 가꿀 시간도 마음의 여유도 없었다.

그동안 못 나가던 교회에도 나가기 시작했다. 마침 집 근처에 한국교회가 있었다. 누구의 권유를 받은 것도 없이 그냥 찾아갔었는데, 교인 수가 아주 적고, 왠지 분위기가 썰렁했다. 알고 보니 교회가 깨져서 목사가 교인 다수를 데리고 나갔다는 것이었다. 아직 담임 목사가 결정되지 않은 상태에서 임시 목사가 와서 설교를 하고 있었다. 임시 목사는 거의 매주 바뀌었다. 그냥 나가지 말까 하는 마음이 불쑥불쑥 내켰으나 미영의 발길은 주일마다 교회로 향하고 있었다.

아직까지도 담임목사가 결정되지 않은 어느 주일이었다. 주보에 적힌 임시 목사의 이름을 보고 미영은 깜짝 놀랐다.

이무구…? 미영이가 다닌 부산 A여중 체육교사 이름이 이무구다. 동명이인도 많은 세상이니 아니겠지 하면서도, 재빨리 약력을 읽어 내려갔다. 거기에는 '부산 A여중 교사 역임'이라고 분명히 씌어 있었다.

더구나, 한층 더 놀라운 것은 그가 휠체어에 몸을 의지하는 장애인이라는 사실이었다. 내용인즉, 수년 전에 교통사고를 당하여 가족을 잃고, 본인도 사경을 헤매며 죽을 고비를 몇 번이나 넘겼으나, 신앙의 힘으로 죽음을 극복하고 완전 거듭났다는 것이다.

이무구… 미영은 사춘기 시절 그를 좋아했다. 난생 처음으로 이성에 대해 품은 계집아이의 여린 마음이었다. 중학교 2학년 때였다.

그 당시, 키가 크고 잘생긴 그의 인기는 대단했다.

유난히 운동에 소질이 있었던 미영은 농구선수로 활약을 했고, 체육담당인 이무구 선생님과도 가깝게 지낼 기회가 많았다. 그 역시, 미영을 무척 예뻐해, 아이들이 뒤에서 수군거릴 정도였다.

그런데 2학년이 거의 끝날 무렵 어느 날, 미영이가 그로부터 따귀를 맞는 사건이 터졌다. 어느 누구한테서도, 아니 부모님한테서도 맞은 적이 없는 미영이가 자신이 좋아하는 선생님으로부터 뺨을 호되게 맞은 것이다. 천지가 개벽을 해도 있을 수 없는 일이 발생한 것이다.

어딜 가나 모범생으로, 부모에게는 자랑스러운 딸이요, 학교에서는 공부 잘하는 팔방미인으로 소문이 나 있는 그녀가 선생님으로부터 따귀를 맞다니….

그날은 모래 터를 중심으로 아이들이 빙 둘러앉아 둘씩 나와서 닭싸움 경기를 했다. 한쪽 다리를 손으로 잡고 외다리로 뛰면서 상대를 밀어 넘어뜨리는 놀이다. 미영은 키도 반에서 제일 크고 체격도 클 뿐만 아니라, 이 싸움은 어디까지나 요령이기에 우승할 자신이 있었다. 두 번을 이기고 차례가 되어 일어서니 상대방이 하필이면 이덕자였다.

거짓말쟁이 이덕자, 한 친구와 미영이 사이를 갈라 놓기 위해 거짓말을 한 사실이 탄로 난 후부터 미영은 이덕자와 말을 안 하는 사이가 되었다. 미영은 상대방을 바꿔달라고 선생님께 요청을 했다.

"왜?"

선생님의 질문에 한 아이가 선뜻 대답을 했다.

"둘이 싸워서 말 안 해요."

그럼 게임하기 전에 화해부터 하라며, 선생님은 둘이 악수를 하라고 했다. 이덕자는 손을 내밀었지만 미영은 손을 내밀지 않았다. 선생님은 침묵을 지키며 한참을 기다렸다. 화가 난 그의 모습을 감지하고, 아이들은 조마조마한 마음으로 지켜보고 있었다. 곁에 있던 한 아이가 울상을 지으며 말했다.

"미영아, 그냥 악수해."

끝내 손을 내밀지 않는 미영에게 선생님이 먼저 입을 열었다. 목소리가 하늘을 찔렀다.

"야! 네가 이 반 반장인데, 반장이 학생들한테 모범을 보여야지 이게 무슨 짓이야?"

그의 말이 채 끝나기도 전에 미영은 아까부터 입안에서 뱅뱅 돌던 말을 뱉어내고 말았다. 아니, 눈을 똑바로 뜨고 마디마디를 꾹꾹 눌러가며 따지고 들었다.

"선생님, 이건 개인적인 일인데 선생님이 이래라 저래라 할 문제는 아니잖아요? 선생님은 상관하지 마세요."

심각했던 분위기가 어느새 살벌해지고 있었다.

"그리고 이 문제에 제가 반장인 게 무슨 상관이에요?"

마침 그때 수업 끝나는 종이 울렸고, 그는 큰 소리로 "방과 후 둘 다 훈육실로 와!"라는 말을 남기고는 휭하니 돌아섰다.

훈육실로 불려간 미영은 끝까지 그의 말을 거역하며 또박또박 따지고 들었다. 그러다가 결국은 따귀를 한 대 맞고 말았다. 선생님이 자신의 뺨을 때렸다는 사실이 믿기지가 않았다. 미영이가 좋아하는 만큼 선생님도 자신을 예뻐하고 있다는 것을 알고 있기 때문이었다.

아무리 생각해도 미영은 잘못한 것이 없었다. 선생님이 참견할 필요가 없는 개인적인 일에 참견을 해, 바른 말을 한 것뿐이었다.

자식이 선생한테 맞으면 부모가 학교에 쫓아가 교장한테 어쩌고저쩌고 한다는 말도 들었는데, 미영의 아버지는 그 반대였다. 선생님한테 따지고 들었으니 맞아도 싸다는 것이었다. 엄마는 "내가 널 가정교육을 잘못 시켰구나." 하시면서 눈물까지 흘리셨다.

부모님한테서도 야단을 맞고 보니 집을 뛰쳐나가고 싶었다. 그러나 갈 데가 없었다.

정말 창피했다. 죽고 싶을 정도였다. 아니, 죽고 싶을 정도가 아니라 딱 죽고 싶었다. 세상 사람들이 다 손가락질을 하는 것 같았다. '쟤가 선생한테 따귀 맞았대.' 하고.

어쨌든, 잘잘못을 떠나, 이유막론하고 이무구 선생님이 자신의 뺨을 때렸다는 사실, 그 자체가 견딜 수가 없었다.

그날 밤, 밤새 이불을 뒤집어쓰고 얼마나 울었는지 모른다. 다음 날 아침에 눈을 뜨니 눈이 아예 붙어버렸었다. 물론 결석을 했고 그다음 날도 학교에 안 가겠다고 떼를 썼다. 창피해서 학교에 못 다니게 됐으니 전학을 시켜달라고 엄마를 졸랐다.

한데, 마침 그 얼마 후, 공무원인 아버지가 서울로 전근이 되는 바람에 미영도 전학을 갔고… 그 문제는 저절로 해결이 되었었다. 그뿐이었다.

그 후, 좀 커서 그때를 돌이켜보며, 미영은 "휴우…"

하고 안도의 한숨을 자주 쉬었다. 까딱했으면 정말 큰일을 저지를 뻔했다는 생각이 들었기 때문이다. 학교 옥상에 올라가 확 뛰어 내려버릴까 하는 마음을 먹었었기에.

'내가 미쳤지. 미쳤어. 어쩌자고? 그리고 그냥 악수를 하지, 왜 그렇게 고집을 부렸을까? 악수하고, 경기하고, 우승하고, 일등상 받고, 그다음에 이덕자하고 안 놀면 그만이지. 중 2짜리 계집애가 선생님의 자존심을 빡빡 긁어댔으니 따귀 맞아야 싸지 싸.'

그리고 근 40년이 넘도록 A여중 소식도, 이무구 선생님의 존재도 까맣게 잊고 살았다.

예배가 시작되고, 이무구 목사가 앉은 휠체어를 장로님이 밀고 입장했다. 목사님이 앉은 의자가 눈에 들어왔다. 보통 의자가 아니었다. 특수 제작된 휠체어였다. 팔걸이와 등받이 발판 등도 예사롭지가 않았다. 널따란 오른편 팔걸이 바깥쪽에는 스위치가 여러 개 붙어있었다.

휠체어에 앉은 이무구 목사의 모습은 너무나 왜소했다. 손가락으로 툭 건드리면 흔적도 없이 그대로 사그라질 것만 같았다. 얼굴 형태조차도 그 늠름하던 옛날

인상은 깡그리 사라지고 없었다.

그러나, 얼굴 표정은 편안하고 환했다. 이런 얼굴이 목사님들이 즐겨 쓰는 기쁨이 충만하다는 말과 부합되는 것일까?

이무구 선생님과 40년 만에 이렇게 마주치게 되다니… 이무구 목사님으로 이렇게 만나게 되다니….

미영의 입장에서는 가슴이 요동치며, 눈물이라도 펑펑 쏟아져야 하는 상황이 아닌가? 그런데 아니었다. 그 자리에 앉아있는 것이 바늘방석에 앉은 것처럼 시간이 갈수록 불편했다. 선생님이 미영을 알아볼 리는 만무하다는 것을 뻔히 알면서도 괜히 불안했다.

그냥 나가버릴까? 하는 생각이 불쑥 치밀었다. 마음속에서 갈등의 태풍이 일기 시작한 것이다.

앞에 앉은 두 여자가 속삭거리는 소리가 들려왔다.

"저 목사님, 지금 누가 돌보고 있을까? 가족도 없다고 하던데."

"얘는, 별 걱정을 다한다. 뭐가 다 잘돼 있겠지."

"그래도 24시간 사람이 붙어있어야 될 터인데 말야."

"그렇게 궁금하면 이따 사무실에 가서 물어보려마. 왜 니가 음식이라도 해 나르게?"

"아아-니! 내가 미쳤니? 너무 불쌍해 보여서 그러는 거지…."

오고가는 대화 속에 미영은 자신의 속마음을 들켜버린 것 같아 얼굴이 화끈 달아올랐다. 가슴이 쿵쾅거리며 요동을 쳤다.

설교 시작하기 전의 예배순서가 계속 이어졌다. 미영의 갈등은 멈춰지지 않았다.

나가버릴까? 아니야. 지금 나가버리면 그건 인간도 아냐. 안 돼. 안 돼.

그러나… 미영은 기도하는 틈을 타 자리에서 그만 일어나고야 말았다. 누가 뒤에서 잡아당기는 것 같아 고개를 푹 숙이고 몸을 오그리며 재빨리 실내를 빠져나왔다.

얼른 차 안으로 들어가 시동을 걸었다. 교회가 등 뒤에서 점점 멀어지고 있는데 가슴이 뛰어 운전을 할 수가 없었다. 갓길에 차를 세웠다. 가슴이 뛰어서만은 아니다. 꼭 도둑질을 하다가 들켜서 도망가는 기분이었다.

이무구 선생님이 휠체어에 앉은 장애인이 아니었어도 이렇게 행동했을까? 하는 생각이 정수리를 내리쳤

157

김영강

다. 괴로움이 온몸을 엄습하며 골치가 띵하니 아파왔
다. 머리를 세차게 흔들며 마음을 다잡았다.

아냐. 아냐. 괜찮아. 괜찮아. 아무도 모르는데 뭐 어
때? 맘먹기 달렸으니 좀 편해지자 편해져. 때로는 뻔
뻔해지는 것도 자신을 위한 길이야. 그래 뻔뻔해지자.

그러나, 아무리 노력해도 그게 맘대로 안 됐다. 가슴
속에 큰 돌멩이 하나가 얹혀있는 것 같아 마음이 무거
웠다. 불편하기 그지없었다.

미영은 갓길에 차를 세운 채…,

등받이에 몸을 기대고 오래도록 눈을 감고 있었다. ✻

지금 와서 후회한들…

여기에, 이혼 소리를 입에 달고 다니는 한 사내가 있습니다. '이혼'이라는 두 글자를 그저 천번 만번 되씹기만 하고 있는 사내죠. 머릿속엔 온통 이혼 생각으로 가득 차 있으면서 오늘날까지도 결단을 못 내리고 있으니 참 한심합니다.

그 한심스러운 놈이 누구냐고요? 이 글을 쓰고 있는 나 자신이 바로 그놈입니다. 목구멍까지 꽉 차 올라온 답답한 마음을 쏟아버리지 않으면 숨이 막힐 것 같아 이렇게 하소연을 하니 이해하고 좀 들어주세요.

저는 지금 60대 중반으로 미국 로스앤젤레스에서 운동화 중간도매를 하고 있습니다. 거의 매일 차에다 운동화를 잔뜩 싣고 소매상에 풀어놓지요. 사업을 한답시고 참 어려운 일도 많이 겪었으나, 지금은 그럭저력 제 밥벌이는 하고 있습니다. 그러나 앞으로는 제 직종도 간당간당합니다. 시대가 변해서 소매상이 사양길을 걷고 있으니 저 같은 중간도매는 살아남을 수가 없지요. 곧 정년퇴직할 나이가 돼 참 다행이기도 해요.

가족관계는 마누라와 딸 하나뿐입니다. 마누라는 비행기 부속품 만드는 공장에 다니고 있는데, 말을 삶아먹어버렸는지 통 말을 안 해요. 딸은 대학 졸업 후, 타주에 직장을 얻어 집 떠난 지 오래됐어요.

대학에 입학하자마자, 딸은 학교도 멀지 않은데 불구하고 부득부득 나가 살겠다고 떼를 쓰더라구요. 집에서 아빠 엄마랑 사는 게, 지긋지긋하댔어요. 아예 앞에 대놓고 그럽디다.

"그래? 그럼 나가 살아. 그 대신 생활비는 일체 없으니 그런 줄 알아."

큰소리만 탕탕 쳤지, 아빠는 말뿐이고 매사에 모질지 못하다는 것을 딸년은 너무 잘 알지요. 그리고 졸업을 하더니만 '얼씨구나 좋다.' 하고 타주의 회사에 취직을 하여 가버리더라구요. 부모한테는 안부는커녕별 연락도 없고, 엄마라는 사람도 생전 전화 안 해요.

딸년한테 꼼짝 못 하고 끌려다니는 것과 마찬가지로

결혼생활도 그래요. 맨날 이혼, 이혼, 하면서도 결단을 못 내리는 것도 같은 맥락입니다.

이제는 그저 아무나 붙들고 아내 험담을 늘어놓는 선수가 돼버렸어요.

어떤 날은 황혼이혼 전문이라는 새빨간 타이틀을 단 광고지가 날아들어 '아니, 이거, 어떻게 알았지?' 하고 깜짝 놀라기도 합니다. 최상의 서비스를 최저의 비용으로 봉사한다나, 어쩐다나….

사실 말입니다. 아내는 완전 고집불통 여자입니다. 사방이 다 꽉 막혔어요. 아내가 다니는 공장이 프리웨이를 타면 30분 정도면 갈 수 있는데, 그녀는 프리웨이를 못 탄다고 로컬길로만 다닙니다. 그 길이 자신의 인생길인양 마냥 가는 거지요.

그러니 새벽에 집을 나서면 저녁이 돼서야 귀가를 합니다. 집에 와서는 피곤하다며 드러눕기부터 하구요. 사실, 피곤도 할 겁니다. 공장에 다닌 지가 근 30년에 가까워오니까요. 나이도 있구요.

한때는 공장 근처로 이사를 할까 하고 계획을 했었는데도, 여러 가지 여건이 맞지가 않았습니다. 더구나 자기는 괜찮다면서 아내가 이사하는 걸 원치 않았어

김영강

요. 참 이상한 여자로구나 했지만… 이상한 구석이 어디 한두 군데라야 말이지요. 하도 이상한 구석이 많고 입을 열지 않아, 저는 와이프 속을 도무지 몰라요. 어찌나 매애앵… 한지 속이 텅텅 비어 있는 것 같기도 하고, 어느 땐 또 시커먼 휘장을 둘러쳐 놓은 것 같기도 하구요.

참, 그리고 그녀는 하나님 죽자 살자 믿는 것, 그거 하나는 누구에게도 지지 않습니다. 아내가 다니는 교회는 특수교회입니다. 한국에 본부가 있고 엘에이에는 단 하나뿐인 교회인데, 우리 집에서는 두 시간이나 운전을 해야 하는 산속에 자리 잡고 있습니다. 혹시 사이비 종교는 아닌가 하고 의심이 가는 구석이 있는 교회이기도 해요. 그렇습니다. 아내가 꼭 사이비 종교에 빠진 사람 같아요.

부끄러운 얘기지만 한때는 6개월 동안이나 잠자리를 거부해 제가 애를 태운 적이 있습니다. 몸을 정갈하게 가져야 하는 기간이라면서 서울에 있는 우두머리 목사로부터 지령이 내렸다나요?

그 문제로는 평생 제 속을 썩입니다. 오죽하면 자식이라곤 딸 하나밖에 생산을 못 했겠습니까? 지금은

각방 쓴 지 오래됐습니다. 그 사람한테는 교회가 인생의 제 일순위이니까요

공장 근처로 이사를 원치 않은 것도 교회가 더 멀어지기 때문이었는지도 모릅니다. 친구도 자기 교회에 나가는 사람하고만 사귑니다. 실은, 제일 친하게 지내는 교회 친구가 비행기부속품 공장의 매니저여서, 미국에 온 지 얼마 안 된 아내가 취직이 된 거랍니다. 영어는 입도 뻥끗 못하는데도 친구로부터 성실, 꼼꼼, 정확 등등을 인정받은 거지요. 둘은 한국 있을 때부터 계속 같은 교회에 나갔다는군요.

그런데 그 친구는 아내랑 동갑인데도 아직 결혼을 한 번도 안 한 미혼입니다. 자기는 예수님과 결혼을 했다나요? 종교에 완전 미친 여자예요. 저는 그 친구를 왕눈이라고 부릅니다. 쌍꺼풀을 너무 크게 잡아 수술을 한 탓인지 눈이 무지무지 커 무서울 정도예요.

나는 내가 생각해도 이상한 사내예요. 아내가 지겨워 죽겠는데도 그녀를 무지무지 위해 주고 있거든요. 온갖 집안일, 심지어는 빨래까지도 제가 다 합니다. 부엌일은 물론이고요. 그런데도 그녀는 고마워할 줄을 모릅니다. 아주 뻔뻔합니다. 남편을 위해 해주는

것이 하나도 없어요.

그리고 그 먼 교회에도 데려다주고 또 데려오고 하는 운전사 노릇도 해주고 있습니다. 프리웨이를 못 타니 어쩝니까? 하지만, 저는 절대로 교회에는 안 갈 것입니다. 아내 하는 짓을 보면 교회 갈 생각이 더 멀리 달아나버리거든요.

실은 제가요… 아내의 얼굴에 반해서 죽자 사자 매달려서 결혼까지 한 겁니다.

그때 제 나이가 서른이 넘었을 때였는데도 그런 감정이 남아 있었다니 참 신기합니다. 그녀 역시 서른이 넘은 올드미스였어요. 보기에는 상당히 어려 보였는데 알고 보니 저보다 한 살 아래였어요.

사업차 서울에 나갔다가 친구 사무실에 근무하는 아내를 봤는데, 그만 첫눈에 홀딱 반해버렸지 뭡니까?

한데 결혼 후, 얼마 안 가서 얼굴 하나 빼놓고는 도움은커녕 몽땅 골칫덩어리로 뭉쳐있다는 여자라는 것을 알게 됐어요. 제일 큰 문제는 도대체 말이 안 통하는 거였어요. 같은 한국말을 쓰면서도 그녀는 마치 외계에서 온 사람모양 혼자만의 성을 굳건히 쌓아놓고 그 누구도 접근을 못 하게 하는 완전 벽창호였습니다.

결혼 전, 서울에서 거의 매일 만났는데, 그때도 그녀는 통 말이 없었어요. 살포시 엷은 미소를 띠우고 다소곳이 대답만 해, 그 고요하고 정숙한 모습에 저는 더 홀딱 반했었어요. 깜빡 속은 거죠. 겨우 보름 동안이었으니 뭘 제대로 볼 수 있었겠어요. 더구나 내 눈엔 완전히 명태 껍데기가 씌어 있었으니까요.

미국에 빨리 들어가야 할 입장에 놓여 있어서 부랴부랴 수속을 한 겁니다. 경솔했지요. 딴 놈이 홀랑 집어갈까 봐 도저히 지체할 수가 없었답니다.

후회한들 무슨 소용이 있겠습니까? 이미 때는 늦은 걸요. 그리고 나의 선택에 내가 책임을 져야 하잖아요? 그러면 끝까지 책임을 지고 입 다물고 있어야 하는 건데 저는 그렇지가 못해요. 목구멍까지 꽉 차서 입으로 뱉어버리지 않으면 제가 못살겠는 걸 어쩝니까?

한번은 집 고치러 온 목수에게까지 하소연을 했답니다. 그때 목수가 뭐라고 그랬는지 아세요?

"이혼하면 이 집은 와이프한테 줄 거라면서요? 근데 집은 뭐 하러 고칩니까?"

목수가 어이없다는 듯이 나를 빤히 바라보며 하는

말에 나는 이렇게 대답했습니다. 이혼을 하더라도 아내가 편하게 살도록 해주는 것이 남편 된 도리라고요.

한데… 어느 날, 저한테 날벼락이 내리쳤습니다. 집 고친 지, 약 1년쯤 지난 후, 아내가 막 조기은퇴를 한 때였어요. 이게 꿈인지 생신지 도무지 분간이 안 갔어요. 아닌 밤중에 홍두깨로 제가 완전박살이 난 겁니다.

아내로부터 이혼장이 날아왔지 뭡니까?

아니, 평생을 이혼, 이혼하다가 아내가 먼저 이혼을 제의했으면 '얼씨구나 좋다.' 하고 신나서 춤이라도 추어야지 그 무슨 '날벼락이니, 홍두깨니.' 하는 귀신 씨나락까먹는 소릴 하느냐고요?

그런데, 참 이상합디다. 속달로 배달된 이혼장을 보니, 좋기는커녕 화부터 치솟았어요. 배신당한 기분에 어찌나 가슴이 떨리고 다리가 후들거리는지 서류를 쥔 채, 그 자리에 주저앉고 말았어요. 서류는 변호사 사무실에서 보낸 거였습니다.

왕눈이 동생이 변호사라는 얘길 들은 적이 있는데, 그러면 '그 동생 사무실인가?' 하는 생각이 언뜻 뇌리를 쳤습니다. 서류에 적힌 번호로 바로 전화를 걸었으나 담당 변호사는 한국에 출장가고 부재중이었어요.

아내도 한국에 체류 중이었습니다. 30년 고생 끝에 조기은퇴를 한 아내가 한 달 예정으로 한국에 나갔는데, 석 달이 지났는데도 안 오더라구요. 그녀와 제일 친한 친구인 왕눈이와 동행이었어요.

사실, 아내는 한국에 가족이 아무도 없답니다. 어릴 때 부모님을 여의고 작은집에 얹혀 살았는데, 작은집하고도 의절을 해, 완전 외톨이입니다. 저도 마찬가지입니다. 부모님 일찍 돌아가시고 누나와 둘이 살다가, 누나가 미국남자와 결혼하는 바람에 미국 땅을 밟게 됐어요. 그런데 누나는 제가 결혼도 하기 전에 세상 떴어요.

부랴부랴 서울로 날아갔지요.

세상에… 저는 아내를 보고 깜짝 놀랐습니다. 아내가 그렇게 예쁠 수가 없답니다. 처음 볼 때의 옛날 얼굴이 되살아나 있었어요. 석 달 만에 그렇게 달라질 수가… 거기다 우아함마저 깃들어 제 눈을 황홀케 했습니다.

그리고 또 하나의 놀랄 일이 벌어지고 있었고요. 도

무지 상상조차 못한 현실이 전개되고 있었어요. 종교에 미쳤던 두 여자가 이제는 종교에 환멸을 느껴, 그 길에서 완전히 벗어난 겁니다.

그 교회가 확실히 사이비는 사이비였던가 봅니다. 교회에 분쟁이 크게 일고 사회의 지탄을 받아 정신 차린 교인들은 다 빠져나왔다고 하네요. 와이프와 왕눈이도 정신을 차리게 되어 얼마나 다행인지 모르겠습니다.

알고 보니, 그간에 미국 변호사인 왕눈이의 동생이 아주 완벽하게 이혼 준비를 했습디다. 왕눈이는 부모님을 일찍 여의고 평생 혼자 살면서 동생 뒷바라지를 다 했다고 합니다. 동생은 누나라면 아예 끔뻑 죽는다네요. 공장도 진즉에 그만두라고 누나를 졸랐구요.

저하고 비슷한 처지여서 죽은 누나가 간절히 생각나는군요.

두 여자는 지금 인천 송도에 있는 고급아파트에 거주하고 있습디다. 둘 다 실버타운에 들어가려고 대기 중이라고 해요. 미국시민이 실버타운에 들어가려면 한국에서 6개월을 살아야 한다네요.

실버타운은 시니어들에게 요즘 한창 인기를 끌고 있

는 곳이고, 나이 들어 가장 편안하게 인생을 즐기며 살 수 있는 곳이지요. 모든 수속은 진즉부터 왕눈이 변호사 동생이 철저하게 준비를 했고, 지금 거주하는 아파트도 그 동생 소유라는군요. 그동안 그렇게 아무 것도 모르고 깜빡 속아 살아온 내 자신이 참으로 한심합니다.

"나는 당신이 이혼이 하고 싶어 안달을 하며 동네방네 나팔을 불고 다니는 것을 다 알고 있었어요."

그녀는 저를 깜짝깜짝 놀라게 하는 말들을 차분하게 이어갔습니다. 드디어 말문이 트였더군요.

"그래도 참고, 참고 또 참고 살았어요. 나는 참는 데는 선수거든요. 결혼이란 서로 필요에 의한 것이니, 그냥 그렁저렁 살면 되는 거 아녜요? 사랑? 태어나면서부터 그런 건 내게 사치에 불과해요. 태어난 것부터가 슬픔이었으니까요. 또 사는 것도 항상 슬펐어요, 그 슬픔에서 벗어나 보려고 당신과 결혼했으나 역시 마찬가지였어요. 사는 게 더, 더… 슬펐어요. 그 슬픔이 뭉치고 뭉쳐 커다란 바윗덩어리가 됐어요."

아니, 이 맹한 여자가 이 무슨 철학자 같은 소리를 합니까? 입을 꾹 다물고 있어 그 속을 몰랐는데, 그

속에 이렇게 차원 높은 바윗덩어리가 들어앉아 있었
단 말입니까?

　"하지만, 슬픔은 정신적인 문제이니 참으면 되지만,
육체적으로 피곤한 것은 참기가 힘들었어요. 너무너
무 피곤해서 말하기조차도 싫었으니까요. 말도 안 통
하고요. 진짜, 당신하고는 말이 안 통했어요. 두꺼운
벽이 탁 가로막고 있었다구요."

　참, 기가 막히네요. 누가 할 말을 누가 하고 있는 건
지 모르겠네요.

　"그동안 내가 참고 살아온 건 모두가 종교의 힘이었
는데, 지금은 달라요. 종교를 놓아버리니 제 맘이 더
편안해졌어요. 이제 나는 슬프지 않아요. 태어난 것과
살아가는 것이 축복이라 생각되니까요. 그리고 더 이
상 피곤하지가 않으니 살맛이 나요."

　"…."

　"그러니, 나도 이혼 생각을 늘 하긴 했지요. 현실이
그럴 수가 없어 실행을 못 하고 있었을 뿐…. 그러니
뭐 당신이나 나나 피장파장이지요."

　아니, 이 여자가? 그럼, 지금은 현실이 그럴 수가 있
어서 이혼장을 보냈다는 얘기 아닙니까? 그러고 보니
그러네요.

아내는 리타이어먼트 플랜을 완벽하게 해놓은 여자입니다. 직장인 비행기회사에서 401K를 잘 굴려주어서 얼마 전, 스테이트먼트를 보니 근 20만 달러 이상이 쌓여 있었어요. 어디 그뿐입니까? SSA만해도 2,500달러는 너끈히 받습니다. 또 거기다가 무상으로 받는 팬션도 있어요. 죽을 때까지 평생 지급이 되는데, 그 액수도 큽니다.

저는 자영업을 하다 보니 세금을 제대로 낸 게 없어 와이프의 반도 못 받습니다. SSI 수준에도 못 미칩니다. 재산이라고는 게딱지만한 집 한 채뿐인데 사업한답시고 에퀴티는 다 빼먹고 얼마 남지 않은 데다, 집 고친다고 또 재융자받고… 팔아봤자 잔금도 갚을락 말락 합니다. 집은 뭐 하러 고쳤는지….

후회막심한 일이 한두 가지가 아닙니다.

이 사실을 딸도 알아야 될 것 같아 전화를 걸었습니다. 한데, 딸년이 뭐라 그랬는지 아세요?

"그건 아빠, 엄마 문제이니 두 분이 알아서 결정하세요."

그리고 자기하고는 아무 상관없는 일이니 더 이상 얘기하지 말라고 하네요.

김영강

세상에 이럴 수가….

어찌해야 좋을지 도대체 모르겠습니다. 제 깊은 맘 속 한 귀퉁이에서는 이혼은 절대로 하고 싶지 않다면서, '이혼은 안 돼. 이혼은 안 돼.' 하고 아우성을 지르고 있기 때문입니다.

어떻게든 아내를 잘 달래서 화해를 하고 싶어요. 그러면 아내가 마음을 돌릴 수 있을까요?

지금 와서 후회한들 이미 때는 늦었다고요? 아니… 아니라고요. 자존심 다 팽개치고 아내한테 빌붙어 사는 쪽으로 방향을 잡으라고요? 환경 좋은 실버타운에서 잘살 수 있는 노후가 보장되는데, 그까짓 자존심이 뭐 그리 중요하냐구요.

그간에, 왜… 제가 이혼을 입이 달고 살았는지 도무지 모르겠습니다. 다시, 생각을 해보니 제가 와이프 덕을 많이 보고 살았는데도 말입니다. 건강보험도 내내 와이프한테 얹혀서 혜택을 봤고요. 제가 이제야 정신이 들었나 봅니다.

우아한 아내의 자태가 자꾸 떠올라 견딜 수가 없습

니다. 그 옛날… 아내를 처음 봤을 때의 감정이 다시
살아나는 것 같아요 저도 어리둥절합니다. 정말 이상
합니다.

아! 안 되겠습니다. 도저히 안 되겠어요.
갈팡질팡 하지 말고, 그냥 아내한테 죽자 사자 매달
려봐야겠습니다.
첫눈에 반한 그 옛날처럼… ✗

정해정

전남 목포 출생. 미주한국일보 시 등단. 미주중앙일보 소설 당선. 한국아동문예 아동문학상, 가산문학상, 고원문학상 수상. 저서로는 동화집 『빛이 내리는 집』, 그림이 있는 에세이 『향기등대』, 시화집 『꿈꾸는 바람개비』, 글벗동인 5인 소설집 『다섯나무숲』『사람 사는 세상』『아마도 어쩌면 아마도』 등 8권의 책 출간. 미주아동문학가협회 회장 역임. 현재 글마루문학회 회장, 미주가톨릭문인협회 회장, 미주한국문인협회 이사 .

개똥벌레의 여행 | **매미는 가수요, 시인** | **토순이 아빠 목소리** | **도라지꽃** | **꼬마 마술사 은비**

개똥벌레의 여행

쌘타모니카 하늘에 황홀한 노을이 피었다가 지면, 개똥벌레는 똥꼬에 등불을 켭니다. 그리고 잠 못 이루는 사람들을 찾아 나섭니다.

왁자지껄한 어느 집 창문을 들여다봅니다. 부부가 싸우고 있네요. 여자는 이민 온 걸 후회한다며 다시 돌아가자고 짐을 싸고 있고 남자는 아니다 라고 소리 질러요. 똑.똑.똑. 여보세요, 여보세요. 기왕 왔으니 조금만 견뎌 보세요. 폭풍우가 지나간 바위는 더 깨끗하고, 더 튼튼하답니다. 그렇게 힘들면 힘듦을 이리 주세요.

개똥벌레는 '힘듦'을 가방에 넣고 갑니다.

저택인 어느 집, 통유리로 된 거실을 들여다봅니다.

헝클어진 머리를 한 중년 여인이 바닥을 치며 울부짖고 있어요. 나는 못살아, 못살아. 빈손으로 이민 와 이것저것 안 가리고, 식모살이까지 하면서 돈 벌어 의사 맹글어 놓았더니… 첨에는 가벼운 도박이 취미생활이래서 얼마나 힘들면… 했지. 그런데 지금은 병원도 버려, 집도 날려, 도박장에서 사니 나는 못살아. 엉엉엉…. 아니 되오. 아니 되오. 도박이란 한번 빠지면 본인도, 가족도, 집도 다 파멸이요. 도박을 이리 주세요.

개똥벌레는 '힘듦'과 '도박'을 안고 갑니다.

아담하고 작은 집 창문을 들여다봅니다. 바닥에는 술병이 널브러져 있고, 젊은 청년이 거실에서 막 목을 매달려고 합니다. 사랑하는 애인이 자기 절친과 애정열차를 바꿔 탔다네요. 아서요, 아서요. 이 세상에는 어느 것이나 인연이 있답니다. 그녀와는 인연이 아니라고 생각하세요. 더 좋은 인연이 무지개처럼 기다리고 있네요. '아닌 인연'을 이리주세요.

개똥벌레는 '힘듦'과 '도박'과 '아닌 인연'을 안고 갑니다.

개똥벌레는 잔디가 메마르고 살림이 엉망인 집 유리

창을 들여다봅니다. 이 집 주인인 듯한 여인이 이를 갈며 잠 못 이루다가 약 한줌을 막 입에 털어 넣으려 하네요. 종업원과 바람이 난 남편을 도저히 용서를 못 하겠다네요. 잠깐, 잠깐만이요. 용서하세요. 지나고 나면 별거 아녜요. 가슴에 찌꺼기로 남겨놓지 마세요. 그 앙금이 종기가 되어 '암'이라는 큰 병이 된답니다. '앙금'을 이리 주세요.

개똥벌레는, '힘듦'과 '도박'과 '아닌 인연'과 '앙금'을 가지고 갑니다.

개똥벌레는 똥꼬를 토닥거리며 다시 떠납니다. 공원을 지납니다. 공원 벤치에 어떤 남자가 술에 절여 몸을 가누지 못합니다. 빈손으로 이민 와서 피를 토하도록 모은 돈을 이민 안내한 친구 놈의 아가리에 쳐 넣었다네요. 몸은 못 가누어도 길길이 뛰는 건 잘 하네요. 제발! 제발! 잊으세요. 돈은 다시 벌면 되니까요. 잊지 못하면 죽을 때까지 당신 가슴을 난도질할 거니까요. '난도질'을 이리주세요.

개똥벌레는 '힘듦'과 '도박'과 '아닌 인연'과 '앙금'과 '난도질'을 안고 갑니다.

아직은 깜깜한 밤입니다. 조그마한 교회에서 걱정만으로 범벅이 된 사람들이 모여 철야기도를 하고 있습니다. 걱정 마세요. 걱정 마세요. 걱정으로 해결되는 건 하나도 없어요. 개똥벌레는 2주밖에 살 수 없지만 또다시 '내일'은 오고 있답니다. '모든 걱정'은 이리 주세요. 모두들 무거운 마음의 짐을 내려놓으세요. 새 털 같은 가벼운 마음으로 잠이 들면 틀림없이 찬란하고 행복한 내일이 기다리고 있을 거예요.

개똥벌레는 '힘듦'과 '도박'과 '아닌 인연'과 '앙금'과 '난도질'과 '모든 걱정'을 안고 갑니다.

개똥벌레는 후유… 한숨을 쉽니다. 할 일을 다 했다고 허리를 폅니다. 조그만 몸으로 '힘듦'과 '도박'과 '아닌 인연'과 '앙금'과 '난도질'과 '모든 걱정'을 지고 가려니 무거웠을 수밖에요. 이젠 조금 쉬었다 가야겠습니다.

개똥벌레는 노인아파트로 날아갑니다. 아! 오늘도 할머니가 기다리고 계시네요. 달콤한 물을 준비하고 반갑게 맞아 주시네요.

"아이구! 어서 오게. 아이구머니나! 그 작은 몸에 무슨 짐을 그리도 많이 지셨남? 너무 무리하지 말게나. 몸 생각도 해야지 자. 자. 이 물 시원하게 마시고 잠시 쉬었다 가시게."

"아아 달콤해라, 오늘은 꿀물이네요. 냉장고에서 바로 꺼내서 그런지 시원하고 달콤해요. 고맙습니다. 할머니!"

피로가 싹 가시네요. 날마다 기다려주시는 할머니 덕에 힘든 줄도 모릅니다. 할머니 칭찬도 정말 기쁘지요. 칭찬은 고래도 춤을 춘다지요?

"아이구! 우리 반딧불이 덕분에 세상이 밝아지네!"

고마워요. 정말 고마워요. 할머니!

사랑하는 할머니, 오래오래 건강하게 사세요.

모두들 우리를 개똥벌레라고 부르는데 할머니는 꼭 '반딧불이'라고 부릅니다.

"영차! 영차."

개똥벌레는 '힘듦'과 '도박'과 '아닌 인연'과 '앙금'과 '난도질'과 '모든 걱정'을 안고 산타모니카 바다 한가운데로 갑니다. 깊숙한 바다 위로 가져온 모든 짐을 풍덩! 빠뜨립니다. 파도가 깨끗하게 잘 치워 줄 것입니다.

그리하여 잠 못 이루는 모든 사람들은 하얗고 포근한 구름 위에서 깊은 잠에 푸욱 빠져듭니다.

　　고단한 밤을 보낸 개똥벌레에게도 어느새 분홍빛 새벽노을이 오니, 드디어 똥꼬에 등불을 끕니다.

　　잠들기 전에 두 손 모아 기도를 드립니다.

　　하느님, 감사합니다. 제 작은 몸에 빛을 주시어
　　작은 빛이나마 세상을 비출 수 있게 하여 주시니
　　그 크신 은혜 감사합니다.
　　살아있는 날까지 더 열심히 하겠습니다.
　　하느님 아버지, 안녕히 주무세요. 아멘. ✦

정해정

매미는 가수요, 시인

'은행나무' 마을에 가을이 깊었습니다.

하늘도, 땅도, 바람까지도 온통 노란색입니다. 반 고흐의 그림에 자주 나오는 노란색, 추운 겨울이 온다는 신호이기도 하지요.

마을 입구에는 몇 백 년이나 지났을 아주 오래된 느티나무 한 그루가 있습니다. 마을의 수호신이요, 자랑이기도 하답니다. 느티나무의 넓은 그늘 아래에는 부잣집 대청보다 더 큰 평상이 있어서, 마을의 놀이터이기도 합니다. 오가는 사람은 물론 짐승들이나 새들도 모두 쉬어간답니다.

단골로 매일 드나드는 눈 동그란 부엉이가 있어요. 느티나무와 이런저런 상의도 하고 의지하는 사이랍니다. 어느 날 부엉이가 묻습니다.

"느티할아버지, 할아버지는 몇 살이세요?"

"몇 살이냐고? 하! 글쎄다? 오래오래 전에 사백 살이었는데… 그 후로는 나이를 세어보지 않아서 모른단다. 나이를 모르니까 편하기도 하지."

어느 날이었어요. 어떤 젊은이가 아이들 셋을 데리고 느티나무 그늘로 왔네요. 아이들은 별이 그려진 노란색 모자를 쓰고, 젊은이는 커다란 그림종이를 들고 온 것이 아마 유치원 과외활동 수업인가 봐요. 젊은이가 커다란 그림이 그려진 종이를 펴놓았습니다.

그 그림에는 황금빛 따뜻한 조명이 켜진 어느 집 거실, 거기에는 넓은 식탁에 맛있는 음식이 가득한 개미네 잔칫날이 한창이고, 창밖에는 함박눈이 펄펄 내리는데, 어떤 매미거지가 누더기 옷을 걸치고 낡은 기타를 메고. 부러운 듯 안을 들여다보고 있는 광경이 그려져 있네요.

젊은이는 말합니다.

"애들아, 이거 봐라. 평생 열심히 일한 개미는 겨울이 와도 따뜻한 집 안에서 잔치를 하는데, 밖에서 떨고 있는 매미는 날마다 놀며 나무 그늘에서 노래만 부르더니 집도 없이 거지가 되어 개미네 집을 부럽게 들여다보고 있지? 너희들은 매미처럼 살아서는 절대 안 된다. 알겠지?"

아이들은 씩씩하게 "네!"라고 대답하며 매미 그림을 톡, 톡. 밟고 갑니다.

그 광경을 보고 있던 느티할아버지는 한숨을 쉬며 혼잣말을 합니다.

"하느님이 이 세상 만물을 만드실 때 각자 다른 기능을 줘서 만드셨걸랑, 열심히 노래 부르는 것이 매미의 일인데 그걸 몰라주다니… 아, 매미가 불쌍해. 매미가 짜안해!"

가수인 늙은 매미는 날씨가 추워지자 자신이 노래를 부를 날이 얼마 남지 않았다는 걸 몸으로 느끼며, 한 잎씩 낙엽을 떨구어내는 느티나무 가지에 몸을 지탱하고 있어요. 툭, 붉어진 눈알에 눈물이 고이는지 자꾸만 닦아냅니다.

"매미 할아버지. 매미 할아버지."

가을 한철을 살려고 멀리서 온 젊은 귀뚜라미가 부릅니다. 귀뚜라미는 짙은 밤색 양복을 단정하게 입고, 자기의 키보다 한 배 반이나 긴 더듬이를 잘 손질한 아주 멋쟁이랍니다.

"오! 귀뚜리. 자네가 오는 날을 기다렸다네. 이리 가까이 오게나."

매미는 기운이 다 빠져 숨이 찬 목소리였지만 점잖은 노인답게 차분히 말했어요. 매미는 파아란 하늘에 햇솜 같은 구름을 멍하니 바라보며 쉰소리로 말합니다.

"귀뚜리. 난 단 보름을 살려고 5년을 땅속에서 기다려 번데기가 되었지."

이야기를 시작한 매미는 마치 꺼져가는 촛불이 마지막에 잠깐 살아나듯, 잠깐 생기가 돕니다.

"어느 날, 땅거미가 질 무렵이었지. 빠알간 노을이 온 세상을 덮었을 때였어, 등이 스멀스멀하는 게야."

매미는 일생일대에 기적이라도 나타난 듯 흥분합니다.

"등이 일자로 좌악 갈라지는 느낌… 그 껍질이 찢어지는 아픔 속에서… 그 속에서 뭐가 나왔는지 아니?"

매미 소리가 높아집니다.

"하아! 날개야. 날개… 그때 어찌나 가슴이 벅차던지… 단 보름을 살려고, 단 보름을…"

그러나 매미는 보름을 살다 가는 것이 아쉽다거나 후회스럽다는 것이 아닙니다.

"귀뚜리, 자네를 기다린 건 이 말을 꼭 해주고 싶어

정해정

서였다네. 나는 어제의 추억에 매달린다거나 허황한 내일의 꿈을 바라고 살지 않았지. 어제의 내일이 오늘이고, 내일의 어제가 바로 오늘인 게야."

매미는 눈이 흐려지는지 눈꺼풀은 무겁게 끔벅입니다.

"세상에는 오늘을 헤프게 사는 이들이 너무 많아. 하아! 많고말고, 많고말고…."

귀뚜라미는 살이 통통한 허벅다리를 움직여 자세를 바로잡습니다.

"나는 오늘만을 위해서 열심히 아름다운 노래를 불렀다네. 머릿속에는 아름다운 시를 쓰면서… 그게 바로 예술가의 일이니까! 내일을 기다리며 세월을 허송하기에는 내 인생이 너무나 소중한 거야. 멈추지 않고 흘러가는 시간이 너무 너무 아까워, 아까워…."

바람이 살짝 지나갑니다. 연한 바람인데도 늦가을 바람이라 매미한테는 오싹한 한기가 느껴집니다.

"악보도 없이 그냥 가슴 터지도록 노랠 불렀어. 그냥 가슴 터져라 하고. 그게 바로 예술가의 일이니까."

젊고 총명한 귀뚜라미는 떠날 시간이 다 된 것 같은 매미에게서 그에게 쏟아지는 알 수 없는 아름다운 빛을 봅니다.

"그래요. 매미 할아버지, 저도 가을 한철을 짧게 살다 갈 거지만, 사는 동안 헤프게 살지 않을게요. 매미 할아버지는 밝은 대낮에 나무 그늘에서 노랠 하셨죠? 근데 저는 해가 지고, 나뭇가지보다 사람 가까이에서 노랠 부르죠. 슬프디슬픈 소리로, 쓸쓸한 가을밤에요."

"그래. 나도 알아. 가을밤 귀뚜리 소리는 애간장을 녹이는 소리지."

"할아버지, 오다가 하루살이를 만났는데요, 그들은 단 하루를 살려고 2년을 기다린대요. 하루살이에 비하면 우리는 하느님의 축복을 너무 많이 받은 셈이죠."

귀뚜라미가 오히려 늙은 매미를 위로합니다. 매미가 그윽한 눈길로 귀뚜라미를 바라보며 말합니다.

"나를 좀 도와주시게나."

"물론이죠! 제가 할 수 있는 일이라면 무슨 일이라도 기꺼이 하겠어요. 예술가에게 사랑과 존경을 바치는 일이라면 무엇이든. 말씀만 하세요, 말씀만."

"마지막 공연을 하고 싶어. 느티할아버지 그늘 아래서… 자네가 반주를 해주면 좋겠는데, 어떠신가?"

"해야죠! 물론 해야죠! 영광입니다. 세상의 모든 예

정해정

술가들은 사랑과 존중을 받아야 해요! 제게 그런 일을
시켜주시니 영광입니다, 영광."

　드디어, 매미의 마지막 공연이 열립니다. 느티할아
버지 품 안에 모두들 모였네요.
　귀뚜라미의 반주가 시작되고 매미가 허리를 깊게 굽
혀 인사를 합니다. 굉장한 박수소리가 요란하게 울려
퍼지네요.
　매미가 노래를 부르기 시작합니다. 온 정성을 다해
부르는 것이 생생하게 느껴지네요. 아!, 저건 김소월
시인이 지으신 노랫말이네요.

　낙엽이 우수수 떨어질 때
　가을의 기나긴 밤
　어머님하고 둘이 앉아
　옛이야기 들어라
　나는 어쩌다 생겨나와
　이 이야기 듣는가….

　노래가 끝났는데도 아무 소리도 들리지 않네요. 차
가운 얼음물을 끼얹은 듯 조용해요. 감히 아무도 박수

칠 생각을 하지 못하는 겁니다. 아, 모두들 두 눈 가득 눈물이 그렁그렁하네요. 매미는 드디어 자신의 몸에서 기운이 빠져나가는 것을 느낍니다.

"귀뚜리. 땅거미가 지고 있네. 어서 서둘러 한철을 살아야 할 거처를 정하게나. 내 걱정 하지 말고 어서 가게나."

귀뚜라미는 그래도 매미가 걱정이 되어 멈칫멈칫 뒤돌아보고는 폴짝폴짝 뛰어서 어둠 속으로 사라집니다.

귀뚜라미를 보내고 매미는 할 일을 다 했다는 듯 미소를 지으며 은행잎에 눕습니다. 지나가던 바람이 노란색 은행잎을 떨구어 매미를 덮어주네요.

매미는
가만히 눈을 감습니다.
저 깊고도 깊은 벼랑 아래로
떨어지는 것 같아
금세 편하고 곤한 잠 속으로
스르르 빠져듭니다.

매미의 장례식 날이 왔습니다.

많은 곤충들과 들꽃들이 모여 입을 다문 채 슬퍼했습니다. 허리 굽은 할미꽃도 있고, 얼굴 넓적한 해바라기도 보이네요.

그중 귀뚜라미는 밤색 옷을 단정히 입고, 자기의 키보다 한 배 반이나 긴 더듬이를 소중히 하며 앞자리에 앉았고요, 눈 동그란 부엉이도 그 옆에 비비고 앉았네요. 그리고 많은 산 식구들….

느티나무가 가라앉은 목소리로 매미를 떠나보내는 조사를 읽습니다.

'가수요, 시인인 매미 영전에 드립니다. 하느님이 세상의 모든 만물을 지으실 때 각자에게 하나씩 다른 기능을 주셨습니다.

우리 곁을 떠난 매미는 오늘을 충실하게 살다간 시인이며 가수였습니다. 맑은 이슬만 먹고 청빈하게 살았던 깨끗한 시인, 다른 곤충들처럼 먹을 걸 탐내거나, 집도 짓지 않고. 노래만 부르며 나무 그늘에서만 살았던 욕심 없는 예술가요, 철학자였습니다.

그리고 5년을 기다려 단 보름을 열심히 살다가 허물 벗고 미련 없이 빈 마음으로 떠난 진정한 수도자. 이제 세상을 떠난 매미의 노랫소리는 사라졌지만, 그 소리를 우리는 가슴 깊이 간직할 겁니다.

매미의 아들, 손자, 며느리의 노랫소리가 온누리에 영원히 이어지기를 빕니다. 모든 자연을 대표해서 느티나무가 드립니다. 삼가 매미의 명복을 기도드립니다.'

물을 끼얹듯 조용한 가운데 매미의 장례식이 끝났습니다. 하늘도 느티나무의 슬픈 조사를 들으신 듯 잿빛 구름을 내려보냈습니다. 구름은 가을의 차가운 빗방울이 되어 한 방울, 두 방울 뚝 뚝 떨어집니다.

눈 동그란 부엉이도 엉 엉, 울음을 참지 못하고… 모두 서둘러 뿔뿔이 흩어지고. 홀로 남아 슬피 울고 있는 귀뚜라미의 뜨거운 눈물이 차가운 빗방울에 섞였습니다. ✯

토순이 아빠 목소리

옛날에 옛날에, 토순이라는 예쁜 토끼가 살았어요.

토순이는 아주 예쁘고 똑똑했어요. 하지만 슬펐어요. 엄마토끼가 토순이를 낳다가 그만 하늘나라로 가 버렸기 때문이지요. 그렇게 태어남과 죽음이 엇갈린 바람에 토순이는 엄마 얼굴을 전혀 몰라요. 그래서 슬퍼요.

엄마 이름도 토순이예요. 아빠토끼가 안타깝게 먼저 하늘나라로 간 아내를 못 잊어하며 딸 이름을 그렇게 지은 거예요. 토순이 딸 토순이!

어린 토순이는 자기가 엄마 몫까지 열심히 살아야겠다는 기특한 생각을 합니다. 그러면 슬프면서도 힘이 나지요.

슬프기만 한 건 아녜요. 행복하기도 하답니다. 아빠토끼가 토순이를 너무나 사랑하기 때문이지요. 아빠

토끼는 엄마 몫까지 두 배로 딸 토순이를 사랑한답니다. 남들보다 두 배로 사랑받는다고 생각하면 기쁘지요. 그래서 슬프면서 행복하답니다.

"토순아, 토순아, 내 사랑 토순아! 네 소원이 뭔지 말해보렴, 내가 다 들어주마. 무엇이든 다 들어주마."

"정말?"

"그럼 정말이구 말구! 우리 예쁜 토순이를 위해서라면 아빠는 무슨 일이라도 할 수 있지."

그런 아빠가 있어서 토순이는 세상에 무서운 것이 없답니다.

1

그러던 어느 해 장마철이었어요. 집주인이 아무 생각도 없이 물먹은 채소를 먹이는 바람에 아빠토끼는 그만 장염에 걸려 죽고 말았어요. 사람들은 왜 그렇게 잔인할까요? 아무리 장마 때라도 그렇지, 무나 당근 같은 채소를 주면 되련만… 흑흑흑… 인간들은 정말 잔인해요.

"토순아, 내 사랑 토순아! 엄마 몫까지 잘 살아라. 내가 지켜줄 테니 걱정 말고…."

아빠토끼는 토순이에게 이렇게 말하고 눈을 감았어

정해정

요.

토순이는 너무나 슬퍼서 빨간 눈이 더 빨개지도록 울고 울고 또 울었어요. 울다가 울다가 사람도 싫고, 집도 싫어져서, 토끼장을 나와 산속으로 들어가기로 했어요. 혼자서 다니는 것이 위험하고 무섭다는 생각이 들어 겁이 났지만, 아빠가 지켜주실 거라고 믿으니 용기가 났어요. 새로운 세상에서 행복하게 살고 싶고요, 그런 행복은 자기 힘으로 개척해야 한다는 기특한 생각도 들었지요.

깡충깡충 열심히 뛰어 산으로 올라가는데, 저 아래에 한 무리의 어린아이들이 신나게 합창을 하며 지나가네요. 소풍을 나왔나 봐요.

깊은 산골 옹달샘 누가 와서 먹나요?
새벽에 토끼가 눈 비비고 일어나
세수하러 왔다가 물만 먹고 가지요.

노래를 들은 토순이가 흥분해서 투덜거립니다.

"무식한 것들! 참 인간들은 어이가 없어. 새벽에 토끼가 세수하러 왔다가 물만 먹고 간대, 참! 우리 초식동물은 물을 먹지도, 세수를 하지도 않는데 말야. 허어. 참. 또 달밤에 노루가 숨바꼭질 하다가 물만 먹고 간다네. 우리 초식동물은 달밤에도, 그냥 밤에도, 육식동물한테 잡아 먹힐까봐 꿈쩍 않고 숨어서 잠만 자는데… 노래를 하려거든 뭘 제대로 알고 해야지. 무식한 것들! 또 있어! 인간들은 우리 토끼보고 입으로 아기를 낳는다지 뭐냐. 입으로 토하니까 토끼라고… 허어. 어이없어. 살이 찌면 목부터 통통해지니까 목에다 임신을 해서 토해 낸대나? 아무튼 인간들은 잘 알지도 못하면서 아는 척은 대단하지. 그래서 내가 인간들을 미워한다니까! 미워, 정말 미워."

그런 생각을 하니 인간들의 무심함 때문에 죽은 아빠 생각이 나네요. 아빠 생각만 하면 가슴이 터질 것 같아 이리저리 정신없이 헤매다가 지쳐버렸어요.

토순이는 너무 지쳐 커다란 느티나무 아래 기대어 이런저런 생각을 하다가 그만 잠이 들었어요.

그런데 어디선가 낯익은 목소리가 들려오네요.

"토순아, 토순아, 내 사랑 토순아!"

유독 소리에 예민한 토순이는 깜짝 놀라 눈을 떴지요.

"아! 울 아빠 목소리, 벌써 아침인가?"

사방은 고요한데 머리 위에 둥근 달님이 내려다보고 있네요. 오늘이 보름인가 봐요.

"아, 아빠!"

둥그런 달 속 계수나무 아래서 떡방아를 찧고 있는 왕토끼님이 그윽하게 웃으시네요.

"울 아빠다. 울 아빠, 아빠! 아빠!"

아빠토끼는 슬피 우는 토순이가 불쌍해서 조용히 말합니다.

"토순아, 토순아, 내 사랑 토순아. 뚝! 그만 울어라. 뚝! 그만 울고 날 좀 보렴. 네 소원이 뭔지 내가 다 들어주마. 소원이 있거든, 낮에는 무지개 편에, 밤에는 은하수 편에 전하렴. 토순아, 토순아, 내 사랑 토순아! 내가 다 들어주마."

아빠토끼는 의젓하게 이어서 말합니다,

"토순아. 이 숲에는 네 친척들이 많단다. 집이 싫거든 이 숲에서 그들과 어울려 재미있게 살아라. 토끼의 친척들, 친척들이래야 콩자반 같은 똥을 누는 초식동물들이지. 염소, 노루. 사슴 등등…."

토순이는 아빠토끼에게 절실하게 말했어요.

"아빠. 저는 토끼라는 것이 싫어요. 빨간 눈도 싫고요. 네 발을 가지고 점잖게 걷지도 못하고 깡충깡충

뛰는 것도 싫고요. 사람 사는 집에서 눈칫밥 먹으며 사는 것도 싫고요. 긴 두 귀를 사람들이 잡고 다니는 것도 너무 자존심 상해요."

"하지만, 토끼가 토끼를 싫어하면 어쩌지?"

"싫은 걸 어째요. 난 새로운 삶을 개척해서 행복하게 살고 싶어요."

"토순아, 그럼 너는 무엇을 원하느냐?"

"말없고 점잖은 까만색 염소에게 시집 보내주세요. 소문에 들으니 대단한 알부자라니까 염소와 살면 행복할 것 같아요."

아빠 목소리 "그래라. 그것이 네 소원이라면…."

2

그렇게 토순이는 까만 염소의 색시가 되었어요.

얼마 동안은 말없고 묵직한 염소가 믿음직스럽고 좋아 보이더니, 이건 무뚝뚝한 것이 표정도 없고, 아무에게나 막무가내로 뿔 먼저 들이대고….

알부자라고 소문이 자자하길래 좀 화려하고 멋지게 살아봐야지 기대했는데, 알고 보니 지독한 구두쇠에 자린고비인 거예요. 지독하게 안 쓰고 모은 거란 말이죠. 죽을 때 가지고 갈 것도 아닌데, 게다가 어디에 숨겨놓았는지 알 수도 없어요. 절대 비밀이라네요.

그러던 어느 날이었어요. 어떤 험상궂은 사람이 까만 염소 대여섯 마리를 새끼줄에 매달고 오더니, 요 녀석도 매달고 어디론가 가버렸어요. 꽁꽁 꿍쳐둔 재산 써보지도 못하고 대롱대롱 매달려서 어디론가 사라져버렸어요.

그 사람이 입은 옷 등판에는 커다랗게 '천하일미 흑염소탕 맛집 ○○식당'이라고 쓰여 있다지요. 졸지에 혼자가 된 토순이는 다시 무지개 편에 아빠토끼에게 연락을 했어요.

"토순아 토순아, 내 사랑 토순아! 이번에는 무슨 소원이냐?"

"아빠. 눈알이 까맣고 선한 노루하고 사귀고 싶어요. 다리도 길고 날씬한 게 아주 멋쟁이로 잘 생겼잖아요. 노루하고 살면 정말 재미있고 행복할 것 같아요. 소원이에요."

아빠 목소리. "그래라. 그것이 네 소원이라면…."

3

그렇게 노루와 살게 되었어요. 늘씬하게 잘 생긴 노루는 다정하고 아기자기해서 정말 재미있고 행복하게 한동안을 지냈지요. 노래도 잘하고 춤도 잘 추고 참 즐겁고 신나는 세월이었어요.

그런데, 노루는 자기 자랑을 엄청나게 하는 수다쟁이였어요. 여자들한테 대단한 인기라는 자랑도 마구 늘어놓지요. 자기가 인기스타라나 뭐라나!

"우리 조상은 말이지. 너 나무꾼과 선녀 얘기 알지?"

"세상에. 그걸 모르냐? 알고말고!"

"그런데 말야. 선녀가 하늘로 올라간 후의 얘기도 안단 말이야?"

"그건 몰라."

"선녀가 떠난 후 나무꾼이 하도 슬퍼하길래 우물가로 두레박을 내려주었대. 그 두레박을 타고 하늘로 올라간 나무꾼은 하늘나라에서 선녀랑 다시 만나 재미있게 잘 살았지 뭐니."

"그래서? 그게 끝이야?"

"아니 더 있어. 나무꾼이 땅에 두고 온 늙고 병든 엄마 생각이 나서 날마다 우니까, 선녀가 날짜를 정해서 어느 날까지 다녀오라고 두레박을 내려준 거야. 그런데 막상 병든 엄마를 놓고 하늘로 올라갈 수가 없어 하루하루 미루다가 그만 그 날짜를 어겼지 뭐냐."

정해정

"저런, 저런… 그. 그래서?"

"두레박은 다시 내려오지 않고 하늘 문은 영 닫혀 버린 거야."

"바보! 불쌍한 나무꾼! 약속을 지키지…."

"또 그다음 얘기도 남았어. 나무꾼이 하늘을 쳐다보고 울다가 지쳐서 그만 죽었어. 그 혼이 수탉이 되어 새벽마다 하늘을 우러러 목청을 뽑는단다."

너무 수다스럽고 자기 자랑이 많아서 지겹긴 하지만, 그래도 다정하고 부드러운 노루랑 사는 게 익숙해져서 재미있게 지내는데, 어느 날, 노루가 심각하게 말합니다.

"토순아. 그동안 재미있었어. 그런데 나는 가족이 있는 몸이라 이만 돌아가야 될 것 같아. 그동안 즐거웠단다. 안녕!"

세상에나, 유부남 노루였던 거예요. 깜빡 속은 거지요. 토순이는 훌훌 떠나버린 유부남 노루가 야속하고 허망해서 하늘을 보고 며칠을 울었지요. 며칠을 그렇게 울다가 은하수 편에 다시 소식을 보냈어요.

"토순아, 토순아, 내 사랑 토순아! 이번에는 또 무슨 소원이냐?"

"아빠, 아빠! 마지막으로 한 번만! 사슴하고 사귀게

해주세요. 멋진 관을 쓰고 있는 사슴은 벼슬이 높고 권력도 대단하대요. 모두들 권력 앞에 굽실거리는 걸 보면, 권력이 있으면 행복할 거예요."

"정말로 이번이 마지막이냐?"

"네! 마지막으로 한 번만 더요."

아빠 목소리. "그래라! 그것이 네 소원이라면…."

4

그렇게 토순이는 사슴과 함께 지내게 되었어요. 사슴은 높은 벼슬아치처럼 걸핏하면 거드름을 피웁니다. 모두들 굽실거리니 우쭐대며 거짓말을 밥 먹듯 하고, 저보다 높은 지위의 사람에게는 굽실굽실 살살거립니다.

"이거 봐! 이 근사한 뿔 좀 봐. 이런 멋진 뿔을 가진 동물 있으면 나와 보라 그래."

"정말 멋져!! 내가 그 뿔 때문에 반한 거 아냐? 왕관처럼, 너무 근사해."

"봄이면 새싹처럼 돋아나는 이 멋진 뿔을, 사람들은 최고급 보약제로 비싼 가격에 팔기도 하지."

사슴은 자기의 외모를 말할 때면 유난히 거드름을 피우지요. 하지만 모두들 부러워하는 것도 사실입니다.

"그런데 말야. 인간들은 정말 잔인해. 막 솟아난 뿔을 몸에 좋다고 산 채로 잘라 피를 빨아 먹지."

"정말이야! 인간이란 동물들은 왜 그렇게 잔인할까? 인간들 미워, 미워! 아빠, 아빠, 그치요?"

인간의 잔인한 모습을 떠올리니 갑자기 아빠 생각이 간절해지며 목이 메네요. 똑같은 마음이 된 사슴과 토순이는 힘을 합해 하늘에 들릴 만큼 큰 소리로 외칩니다.

"인간들, 미워! 미워!"

그 소리를 들은 토순이 아빠토끼는 방아 찧던 손을 잠시 멈추고 아래를 보면서 웃으며 고개를 끄덕끄덕합니다.

그런데, 이 소리가 너무나 컸던지 근방에서 잠자던 늑대란 놈이 잠을 깨고 일어났네요. 늑대가 침을 흘리며 입맛을 다시는군요.

"야, 요놈들 봐라. 허어… 좋은 아침밥이로구나!"

달려드는 늑대에 놀란 사슴과 토순이는 젖 먹던 힘을 다해서 뛰었어요. 어딘지도 모르고 마냥 뛰었지요. 이럴 땐 삼십육계 줄행랑이 제일이지요. 이럴 땐 권력도 벼슬도 맥을 못 써요. 우선은 살고 봐야지 별 수 있나요!

그런데 그만, 그 멋지고 자랑스럽던 사슴뿔이 나뭇가지 사이에 걸리고 말았지 뭡니까. 허억! 꼼짝달싹할 수가 없네요, 허억! 감투가 너무 크면 언젠가는 탈이 나게 마련이지요.

토순이는 언덕 밑으로 굴러 떨어졌고요.

5

그런데 참 이상한 노릇이네요. 토순이가 떨어지고 보니 어쩐지 보드라운 구름 위로 떨어졌다는 느낌이지 뭡니까. 토순이가 잠시 정신을 잃었다가 깨어나 보니 잠자는 토끼 등 위였어요.

젊고 잘생긴 청년 토끼가 걱정스런 눈으로 보고 있네요. 그 눈이 예전에 그렇게 싫어했던 똑같은 빨간 눈인데 지금 보니 '루비' 보석같이 예쁘게 느껴집니다. 솜털보다 더 보드라운 하얀 털… 멋있는 두 귀… 오물거리는 입.

토순이는 자기도 모르게 청년 토끼에게 말했어요.

"어머나! 네 눈이 참 예쁘구나. 정말 예뻐."

웬일인지 토순이는 마치 길을 잃고 떠돌다가 편안한

엄마 품에 다시 돌아온 듯 이렇게 마음이 편할 수가 없었어요.

토순이는 아주 편안한 마음으로 또 다시 깊고 깊은 잠에 떨어졌지요. 그리고 또그르르 이슬 한 방울이 굴러 입을 맞추니 눈을 떴어요.

어느새 해님이 막 올라오고 있었어요. 밤새 걱정스럽게 지키고 있던 청년토끼는 정신이든 토순이를 보고 안심했다는 듯이 하품을 늘어지게 합니다.

"후유… 안심이네. 정신이 좀 나니?"

그러다가 청년토끼는 화들짝 놀랍니다.

"아이고, 늦었네, 늦었어. 거북이하고 경주 약속 시간이…."

"아, 함… 자기야… 거북이하고 경주하면서 졸지 마… 느티나무 그늘이 아무리 서늘해도 거기서 낮잠 자면 안 돼. 알았지?"

토순이는 아주 자연스럽게 청년토끼의 등을 두드리며 말합니다.

이 모든 광경을 모두 보고 있던 달나라의 토순이 아빠는 솟아오르는 해님에 밀려 서서히 물러나면서 이제 안심이라는 듯이 고개를 끄덕이며 흐뭇한 웃음을 보냅니다.

"돌고 돌아 이제야 제 자리로 왔군. 행복하게 잘 살아라, 나의 사랑 토순아!"

정해정

도라지꽃

1

"하찮은 풀꽃도 부끄러움을 아는디."

엄마 목소리가 들려옵니다. 울 엄마 목소리예요.

2

원, 무슨 놈의 세상이 왜 이렇게 어지럽게 돌아가는
지 모르겠네요.

아, 안녕들 하십니까?

저는 똑돌이라고 합니다. 앵무새인데요, 워낙 똑똑
해서 '똑돌이'라는 이름을 얻었지요. 제 주인이신 보
라 아줌마가 지어주었어요. 제 자랑은 아닙니다만, 사
실 저는 꽤 똑똑합니다. 한국말도 할 줄 알고 영어도
가능한 이중언어 천재 앵무새올시다. 텔레비전에도
여러 번 출연한 스타 앵무새지요, 스타!

안녕하세요? 굿모닝! 좋은 아침! 알러비유!

그런데 요샌 참 우울합니다. 왜냐구요? 우리 보라 아줌마가 갑자기 변해버렸지 뭡니까. 전에는 똑도라 똑도라 라고 다정하게 부르면서 마치 친자식처럼 살 갑게 잘 챙겨주셨는데… 맛나는 것도 자주 주셨는데… 요새는 밥 주는 것도 잊어버릴 지경이지 뭡니까? 밥 주라! 똑도리 배고프다! 보라야, 밥 주라! 악을 써야 겨우 얻어먹으니… 서럽고 괴롭지요. 제가 말을 걸고, 노래를 부르고, 재주를 넘고… 아무리 재롱을 부려 봐도 아무 소용이 없네요.

아무래도 뭔가 단단히 속상하는 일이 생긴 모양이에요. 그렇지 않고서야, 우리 보라 아줌마가 본래 심성이 그런 분이 아니걸랑요.

그래서, 이 똑돌이가 밝은 눈과 똑 소리 나는 머리로 자세히 살펴보고 판단해보니… 그럴 만하네요. 충분히 그럴 만해요.

무슨 사연인지 들어보실랍니까?

3

"애! 보. 보라야. 어. 얼른 티… 티비 켜 봐바!"

친구 숙이의 다급한 전화였습니다. 허둥지둥 티비를

정해정

켜니, 무슨 가요대상 결승전이라는 걸 하는데, 우승자인 남자가 열창을 하고 있었습니다.

잠깐, 어디서 본 낯익은 얼굴인데?

찬찬히 보니….

'아! 저 놈, 저 놈, 저 나쁜 새끼! 죽. 일. 놈!'

어찌 잊을 수 있으랴. 보라는 머리에 피가 거꾸로 선 듯 머리가 혼미해졌습니다. 동생 연두의 얼굴이 떠오르고, 비명소리가 들려와, 자기도 모르게 울음이 터집니다. 참을 수가 없네요.

딱, 17년 전 일입니다.

"나는 바보다! 바보다! 죽고 싶다. 죽고 싶다."

그리고, 어디선가 또렷한 엄마 목소리가 들려옵니다.

"하찮은 풀꽃도 부끄러움을 아는디…."

4

어떠세요? 눈치 빠른 분들은 벌써 대충 짐작이 가시죠? 속이 대단히 상할 만하고도 남지요? 하지만, 조금 더 들어 보시지요. 말은 들을수록 맛이 나고, 글은 읽을수록 재미있고, 줄거리는 씹을수록 구수하다지 않습니까?

엄마는 유별나게 도라지꽃을 좋아해서 딸 이름을 '보라'라고 지었답니다. 참, 도라지꽃의 꽃말이 '영원한 사랑'인 건 아시죠? 엄마는 워낙 성격이 유순하고 내성적이라 친구도 없었어요. 그래서 보라가 서너 살 무렵부터 알아듣던 못 알아듣던 일상 모든 얘기를 보라에게 다 했답니다. 딸과 친구처럼 지낸 거지요.

어느 날이었어요.

엄마는 뒤 텃밭에 상추를 뜯으러 가려고 보라의 손을 잡고 뒷담을 지나던 중, 화들짝 놀라며 담 아래에 쪼그리고 앉았습니다. 당연히 보라도 엄마 곁에 앉았구요.

"어머나, 벌써 도라지꽃이 피었네! 보라야 이거 볼래?"

엄마는 마침 그 앞을 지나던 아랫도리가 통통한 개미 한 마리를 잡아 도라지 꽃잎에 넣고 보라색 별 같은 꽃잎을 오므렸어요. 그러자 보라색 꽃잎이 점점 분홍색으로 변합니다. 아, 아 참. 신기하기도 해라.

"어, 엄마. 이 꽃잎 색깔이 왜 그래?"

"죄 없는 개미를 강제로 꽃 속에 잡아넣었으니…."

엄마는 말합니다.

"이 하찮은 풀꽃도 부끄러움을 아는 거여."

정해정

부끄러움? 보라가 혼자 말로 되풀이합니다. 밥 씹듯 꼭꼭 씹어요. 부끄러움.

5

그 얼마 후, 엄마는 보라의 동생을 가졌어요.

그 무렵 보라의 식구들은 서울 본가에 할머니 제사를 지내고 오는 길에 크게 교통사고가 났어요. 비가 너무 많이 내리는 바람에 그리됐어요.

불행 중 다행으로 보라와 엄마는 많이 다치긴 했지만 생명이 위험할 정도는 아니었으나, 아빠는 핸들에 머리를 박고 그 자리에서 하늘나라로 가셨답니다. 엄마는 뱃속의 아이를 아빠가 하늘나라로 가시면서 주신 선물이라며 소중하게 여겼어요.

어느 봄날, 엄마는 배를 쓰다듬으며 진지하게 말했어요.

"보라야, 어젯밤 꿈에 뒤 텃밭에서 원추리 새싹이 올라오는데. 연초록 색깔이 어찌나 예쁘던지 한 줄기 꺾어 가슴에 품었단다. 엄마는 이 아이가 세상에 나오면 아들이든지, 딸이든지 이름을 '연두'라고 할란다."

동생이 태어나던 날 엄마는 진통을 하던 중 두 번이나 기절을 하고, 결국 제왕절개를 해서 아들 연두를

210
디아스포라 민들레

낳았습니다. 저와는 열 살 터울입니다.

그렇게 힘들게 태어난 연두는 어찌나 예쁜지, 엄마는 꼭 지 애비 닮았다며 환하게 웃네요. 유독 하얀 피부에 새까만 머리, 오뚝한 콧날. 더욱이 사슴 같은 큰 눈… 우리는 행복했지요. 가난했지만 행복했어요.

6

연두가 세 살 무렵, 어쩐 일인지 발육이 늦어 병원에 갔더니 청천벽력 같은 의사선생님의 진단이 내렸어요. 기가 막혀라. 중증은 아니지만 '자폐증'이라네요.

초등학교는 그럭저럭 다녔는데, 중학교에 들어가면서 일이 터졌습니다. 엄마는 사랑하는 아들의 자폐증을 인정하기 싫었던 걸까? 아니면 어떤 희망을 바랐던 걸까? 중증이 아니라고 하니 특수학교에 보내지 않고, 일반학교에서 버티면 더 좋을 거라 결정을 했습니다.

연두는 날이 갈수록 더 훤칠해 졌고, 피부는 뽀얀 우유 빛깔이었습니다. 허우대는 정말 멋있었지만, 속은 순하디순한 순둥이였지요. 그러니 단박에 '일진'이라는 학교 폭력배들의 먹잇감이 되었어요.

이유 없이 때리고, 뺏고, 놀리고….

연두는 몇 번이나 말했습니다.

"엄마, 나 학교 가기 싫어. 엄마, 우리 이사 가자."

그럴 때마다 보라와 엄마는 "시끄러. 버텨 봐! 조금만 버텨. 넌 할 수 있어." 하면서 말문을 막았지요.

7

여러분께서도 잘 아시는 대로, 요새 한국에선 학폭이 아주 심각한 사회문제로 떠오르고 있지요. 인기 연예인에, 높은 자리에 있는 정치가의 자식들에, 인기 드라마에… 아무튼 시끄러워요. 뉴스를 보면 폭력의 수준이 장난이 아닌 모양이대요. 도무지 부끄러움을 모르는 세상이 되었어요.

아, 그야 물론 우리 앵무새들도 텃세를 하지요. 새로 온 놈이 있으면 못 살게 괴롭히고 구박해요. 하지만, 그건 어디까지나 잘 되라고 하는 귀여운 텃세지요. 저렇게 잔인하지는 않아요. 오래 하지도 않아요. 금방 친해져요.

아이구, 그나저나 우리 보라 아줌마 화가 빨리 풀려야 할 텐데요. 그래야 이 똑돌이도 편안하고 행복할 텐데 말입니다.

8

연두가 3학년에 올라갈 무렵이었어요.

어느 날, 아침에 밥 먹고 학교 가라고 깨우는데 기척이 없어 방문을 여니, 아이고! 이 녀석이… 연두는 침대 아래에 굴러 떨어져 엎어져 있고, 그 곁에 쏟아진 하얀 약 알들….

연두는 이미 숨이 끊겼졌었습니다. 며칠 후 사망원인이 나왔는데, '자폐증 아이가 학교 친구들이 놀리는 걸 못 견뎌 자살'로 판정이 났습니다.

가해 학생은 정학 정도의 가벼운 처벌로 끝나고 말았어요. 폭력을 휘둘러 연두를 죽음으로 몰고 간 그 아이 부모가 워낙 막강한 사람이라서, 학교에서도 눈치 보기에 바빴다고 하네요.

힘없고 빽 없는 엄마와 보라는 가슴이 터질 듯 원통했지만, 제대로 된 항의는커녕 아무것도 할 수 없었습니다. 문제를 삼았다간 정말 큰일 날 것 같았지요. 그런 시절이었어요. 보라와 엄마는 끔찍해서 연두 방을 외면하고 돌아보지도 않은 채 식음을 전폐하고 자리에 누워버렸습니다.

몇 달이 지나 보라와 엄마는 정신을 차리고, 연두 방

을 세를 놓아 생계에 조금이라도 보탬이 되자고, 먼지 낀 방을 청소하러 들어갔습니다. 책상서랍에서 일기장 비슷한 수첩이 나왔어요.

그 안에는 어머나! 세상에… 세상에….

나는 바보다, 바보다,

오늘은 그 새끼가 매점에서 딸기 우유를 사오라고 시켰는데, 없어서 대신 바닐라 우유를 사갔더니, 내 머리 위에 부었다. 나는 바보다. 읽어보라는 책도 못 읽는 나는 바보다. 죽고 싶다. 죽고 싶다. 날마다 내 도시락에 침을 뱉고, 내 뺨을….

오늘은 뺨 열대. 머리통 백 번,

나를 급식 매점 구석으로 끌고 갔다. 그 새끼들이 내 바지를 벗기고 "하아! 이 새끼도 남자네." 고추를 주물럭주물럭… 발로 차고, 이 병신아, 이 병신아, 바보야. 죽고 싶다. 죽고 싶다!

"백만 원 낼까지 갖고 와라. 안 갖고 오면, 니 누나랑 니 엄마 죽인다."

연두가 세상을 버리고 간 날이 바로 그날이었습니

다.

참 잔인하네요. 친구를 저렇게 난폭하게… 거 뭐더라… 세상이 인간처럼 잔인한 동물이 없다는 말을 들은 기억이 납니다. 이 새대가리에 아직까지 남아 있는 걸 보니 그 말이 에지간이 충격적이었던 모양입니다.

그렇다고 폭력에 폭력으로 맞서는 건, 현명한 방법이 아닌 것 같기는 하네요. 용서, 너그럽게 용서하는 방법 어디 없을까요? 아, 답이 여기 있네요. 제가 생각하기엔 정답입니다.

"하찮은 풀꽃도 부끄러움을 아는디…."

9

수첩 갈피에서 사진 한 장이 툭 떨어졌습니다.

우리 집에도 두어 번 왔던 놈이다. 저 놈, 저 새끼!

엄마는 그 후 미친 사람이 돼버렸습니다. 날마다 가슴을 치고 심장이 파열될 만큼 짐승처럼 울부짖었습니다.

"내 새끼를 내가 죽였다. 연두야, 내 새끼, 내가 죽였다. 내가, 내가…."

그러더니 한 달쯤 후에 엄마는 남편과 아들 곁으로 가버렸습니다. 보라는 졸지에 고아가 되었습니다. 사고무친, 이 세상에 아무도 없는 완벽한 고아.

보라는 그 후 몇 군데 아르바이트를 하다가 절친 숙이의 사촌오빠랑 결혼을 해서 그럭저럭 잘 살고 있습니다.

10

급하게 티비를 켜니, 뉴스가 나오네요.

가요경연대회에서 우승을 차지한 자가 '학폭' 주범이었다. 특히 장애자를 더 괴롭힌 악질이었다. 피해자들로부터 수없이 많은 항의가 속속 들어와서 우승을 취소할 지경에 이르렀다는 내용입니다.

겨우 아물어가는 생채기에 왕소금을 뿌리고 문질러대는 격입니다. 아파요,

엄청 아파요!

더 분통 터질 일은 심사위원들의 호들갑. 한 세기에 하나 나올지 말지 한 음악 천재가 나왔네. 천상의 목소리야, 이렇게 타고난 천재가 어린 시절의 작은 실수때문에 빛을 못 본다면 비극이다, 비극.

열성 팬이라는 인간들은 한 수 더 뜹니다.

"니들은 어릴 적에 실수 안 해봤냐? 철없는 사춘기 시절에 장난 좀 한 걸 가지고… 잘못했다고 사과했잖

아!"

잘못도 잘못 나름이지! 사과에도 진정성이 있어야
지.

아무리 생각해도 참을 수 없습니다. 뭐라도 해야지
그냥 있을 수는 없습니다.

그래 세상을 향해 소리라도 치자.

보라는 벌벌 떨리는 가슴과 손으로 탄원서를 쓰기
시작합니다.

어디다? 대한민국에서 제일 높은 사람? 누구지? 대
통령?

그래, 그러자!

'아니 되옵니다. 아니 되옵니다. 당장 퇴출시켜 주
십시오. 아니 되옵니다. 절대로 용서해서는 아니 되옵
니다.'

쓰다가 쓰러져 있는 보라에게 소리가 들려옵니다.

또렷한 엄마 목소리입니다.

"하찮은 풀꽃도 부끄러움을 아는디…"

11

탄원서를 여기저기 보내고, 용산 나라님 사무실 앞

에 가서 삭발 일인시위도 하고 싶고, 이름난 변호사도 만나보고, 기자회견도 하고….

보라는 너무도 답답해서, 연두를 부릅니다.

"연두야, 내가 뭘 어떻게 하면 좋겠니? 널 위해서 내가 뭘 어떻게? 정말 모르겠어. 아무것도 안 하고 있자니 미칠 것 같고, 막상 뭘 해야 할지는 모르겠고… 말해 봐! 너 하라는 대로 다 할게."

"누나, 하고 싶은 대로 해! 난 괜찮아, 아무렇지도 않아. 벌써 다 용서했는걸… 뭐."

"용서했다구? 뭘? 뭘 용서해?"

"전부 다… 하늘나라엔 그런 나쁜 아이들 없어. 그러니까, 복수할 필요도 없는 거야. 그리구 말이지, 알고 보면 걔들이 나보다 더 불쌍한 건지도 몰라. 불쌍한 애들이야"

"걔들? 누구?"

"나 괴롭힌 애들 말이야."

"너 정말?"

"그리구 누나… 문제 삼을 생각이었으면, 그 당시에 했어야지, 그때 끝장을 봤어야지."

"그땐 지금과는 세상이 달랐지. 그런 거쯤은 별 거 아닌 일로 여기는 세상이었으니까."

"알아, 나도 잘 알아. 그러니까, 누나!"

"그땐 엄마나 나나 힘이, 정말로 힘이…."

"알아, 나도 알아. 나도 힘이 없어서 당한 거니까."

"미안하다, 정말로, 널 지켜주지 못해서."

"누나, 내가 제일 두려웠던 게 뭔지 알아? 그놈들이 엄마와 누나를 괴롭히는 거였어. 나 때문에 엄마나 누나가 괴로움 당하는 건 정말 참을 수 없었어. 내가 사랑하는 사람이 나 때문에 고통을 받는데 내가 힘이 없어서 막아주지 못하는 건 정말로 견디기…."

"너 설마… 그래서?"

"그래, 그런 거야, 누나."

12

"똑도라, 밥 먹자. 너 좋아하는 바나나다."

보라 아줌마 목소리가 오늘 아침은 맑으시네요. 도라지꽃 같은 보랏빛 옷도 썩 잘 어울리구요.

"똑도라, 네 생각은 어떠니? 넌 아주 똑똑하니까 알겠지? 내가 어떻게 하는 게 좋겠니? 정말 물어볼 사람이 없어서 답답하단다. 난 이 세상에 달랑 혼자거든. 그러니까, 네 생각을 말해 봐."

"하찮은 풀꽃도 부끄러움을 아는디…."

"어머나, 그건 우리 엄마 말씀이잖니? 그게 해답이라는 거니?"

저 똑돌이는 고개를 끄덕였습니다. 그리고 말했어요.

"성당에 가보면 혹시 어디엔가 정답이 숨겨져 있지 않을까요? 그나저나 이 바나나 참 맛 좋네요. 오랜만에 먹어서 그런가? 하나 더 주세요."

"하나 더 달라구? 나 먹을 거밖에 안 남았는데."

"그럼 됐어요."

"아니다, 너 먹어라. 아주 맛있는 모양이네."

"땡큐, 베에에에리이 마아치!"

보라 아줌마가 아주 작은 소리로 혼자 속삭이네요.

"우리 똑도리가 나보다 한결 똑똑하네!"

어디선가 소리가 들려옵니다. 또렷한 엄마 목소리입니다.

"하찮은 풀꽃도 부끄러움을 아는디…."

보라 아줌마가 또 작은 소리로 혼자 속삭입니다.

"우리 엄마가 참말로 똑똑하시네! 그래 맞아, 풀꽃들도 다 아는 부끄러움을 인간들만 모르고 사는 세상이야. 그래, 그래, 연두야, 잘 자라. 엄마도 이제 그만

주무세요." ✗

*도라지꽃 : 도라지꽃에 개미 분비물이 닿으면 보라색이 분홍색으로 변
한다고 함.

정해정

꼬마 마술사 은비

청천 하늘에 별들도 많고… 오… 오오… 이내 가슴
에 한숨도 많네….

'아리랑'의 2절.

우리 아저씨가 눈뜨면 하루 종일 흥얼거리는 가락입
니다.

저는 몸집이 어른 주먹보다 더 작은 은빛 나는 하얀
색 비둘기입니다. 그래서 이름은 '은비'랍니다. 내가
사는 곳은 서울 변두리 재개발한다는 낡은 한옥 문간
방입니다. 가난한 마술사 아저씨랑 함께 살지요. '아
리랑아저씨'랍니다.

아라랑 아저씨는 6·25전쟁 직전 북한에서 아버지
심부름으로 서울에 작은아버지를 찾아 왔는데 찾지도

못하고 길에서 헤매다 보육원에서 살았대요. 아저씨는 결혼도 못하고 우연히 마술을 배워 천직으로 삼고 나랑 단둘이 살고 있죠.

우리 둘은 가장 아끼는 가족이요 동반자랍니다. 우리의 공연장은 동네 호숫가 잔디밭입니다. 산책 나온 사람들과 동네 아이들 몇 명만 모여도 우리는 공연을 시작합니다.

쭈그러진 냄비를 돈 통으로 놓고 접었다 폈다 하는 녹이 슨 상 위에 아저씨는 낡은 카드를 부채처럼 좌악 펴고 구경꾼에게 한 장을 뽑으라고 합니다. 뽑은 카드를 귀신처럼 맞추고, 덩실덩실 춤을 추면서 손님을 모으지요. 아저씨는 사이다 병에서 장미꽃을 뽑아내기도 하며, 입 속에서 색색가지 색종이를 뽑아내기도 합니다. 신문지를 찢어 눈을 만들기도 하고, 다시 부쳐 오늘의 뉴스를 큰소리로 읽기도 해요. 그러나 공연의 주인공은 뭐니 뭐니 해도 저랍니다.

비둘기는 천성이 순하기도 하지만 나는 몸집이 작아 아저씨의 모자 속이나 소매 속에 들어 있다가 푸드덕 날아오르면 아이들 손님들은 환성을 지르며 손뼉을 칩니다.

아리랑아저씨는 공연을 할 때마다 얼마나 열심이고

정해정

진지한지 몰라요. 날마다 오는 단골 관객들도 첨 본 것처럼 박수치고 환호하지요.

해님이 뉘엿뉘엿해지면 우리는 공연을 접습니다. 살림살이는 모두가 쓰레기통에서 주워온 것이지만 우리에게는 소중합니다.

우리는 짐을 챙겨 호숫가 포장마차로 갑니다. 아저씨는 소주가 밥이요, 낙이랍니다. 아차! 아리랑아저씨에게는 또 하나 보물이 있어요. 역시 쓰레기통에서 주어와 고치고 고친 기타….

술이 곤드레만드레가 되면 호숫가에 앉아 기타를 붙들고 "청엉 청 하아늘에 별들도 많고, 우리내 가슴에 한숨도 많네. 다르릉… 다르릉… 하고… 또 하고… 하고 또 하고…."

나는 아리랑아저씨가 제일 멋져 보이고, 존경스러워 보일 때는 마술공연할 때와 기타 연주하면서 노래 부를 때랍니다. 아저씨는 말합니다.

"은비야. 은비야. 니가 내 밥줄이다. 고맙다. 고마워. 너랑 나랑 오래오래 함께 살자. 엉! 이 아저씨는 돈이 없어도 너만 있으면 행복하단다. 엉!"

아리랑아저씨는 곤드레만드레 비틀거리면서도 내

새장은 보물처럼 챙깁니다.

썰렁하고 퀴퀴한 냄새가 나는 집에 옵니다. 방에 들어와 짐을 챙기고 아저씨는 몇 개 안 남은 라면을 끓여 꼬불꼬불한 라면발을 후후 불어 새장에 넣어줍니다. 어떤 날은 식은밥을 넣어주기도 하지요.

"은비야! 너 '라스베이거스' 들어봤어? 그래 니가 알 리가 없지. 그곳은 미국에 있는 세계에서 제일 큰 도박 도시인데 쇼 무대가 얼마나 크고 화려한지 상상도 못한단다. 나도 말만 들었지 아직 못 가봤어, 나는 이제 가망이 없고 너라도 그런 무대에 한번 서 봤으면 원이 없겠다. 흑.흑흑…."

아리랑아저씨는 울고 있습니다. 기타를 꺼내더니 '처엉천 하아늘에… 벼얼들도 많고… 다르릉, 다르릉….

어느새 여름이 가고 하늘은 한 길이나 높아졌습니다. 우리는 누렇게 변해가는 잔디밭에서 공연을 마치고 포장마차로 갔어요.

어머나! 거기서 아리랑아저씨와 마술을 같이 배웠던 친구를 만났어요. 물론 둘은 얼싸안고 한참을 반가

워하더니 얘기 보따리를 풀기 시작하네요. 주로 친구 아저씨가 보따리 장사로 세계 곳곳을 돌아다닌 얘기 아리랑아저씨는 부럽게 듣고… 미국 얘기 중에 '라스베이거스' 이름이 나와 아저씨와 나는 숨이 꽉! 멈추는 기분이었어요. 내 작은 새가슴은 마구 뛰고 뭔지 몰라도 화려한 쇼 무대가 아른거려 머리가 어질어질 하네요.

두 아저씨는 얼마나 술에 취했는지 몸도 가누지 못합니다.

"이번 주말에 미국에 간다고? 베가스에도 갈 꺼라고?"

물 컵에다 소주를 가득 따라 마신 아저씨는 말합니다. 나를 가르키며, "이 녀석, 내가 자식처럼 아끼는 이 녀석. 데리고 가 줄래? 색깔도 좋고, 몸짓도 작고. 특히 사람 말을 잘 듣는 아주아주 착한 애야. 거기 가서 팔아먹든지 맘대로 해. 그 담에는 지 팔자니께!"

나는 첨에는 의아해 하다가 또 가슴이 방망이질 칩니다. 새장은 이쪽으로 옮겨지고 술값은 아리랑아저씨가 냈습니다.

아저씨는 나를 보고 눈물이 가득한 눈으로 말합니다.

"은비야! 은비야! 너라도 한번 살아봐라, 이제 나는 희망이 없으니 너라도…. 너라도… 내 걱정일랑 말고…."

아리랑아저씨는 울면서 비틀거리며 갑니다. 그러나 내가 친구아저씨로 옮기는 순간 친구아저씨는 내게 애정이라고는 '0'도 없고, 소주 반잔 값 정도랄까? 물론 이름도 모르고요.

나는 아리랑아저씨 없으면 한시도 못 살 것 같더니 의리 없게도 이곳을 벗어난다는 사실이 싫지만은 않았어요. 새로운 세계의 꿈, 자유, 부자인 나라에 가서 수 천 명의 아이들을 모아놓고, 박수를 받는다는 꿈! 꿈 와! 와! 짝짝.짝….

새아저씨와 나는 하룻밤을 비행기에서 자고 미국에 도착했어요.

'로스엔젤레스'

햇빛이 넘쳐나는 곳. 하얀 사람 까만 사람, 덜 까만 사람 수많은 차들… 빌딩들….

새아저씨 친구가 마중 나왔네요. 우리는 그 길로 베거스로 간답니다. 나는 뒷 자석에 던져져 창밖 낯설고 신기한 풍경만 바라보고 있었어요. 오랜 시간 비행기

정해정

를 타고 와 슬슬 졸음이 오네요. 새아저씨도 잠이 드셨나 봐요.

"야! 일어나! 다 왔어. 저어기 저 산만 넘으면 돼."

어느새 밖은 어두워졌고. 저 건너 멀리 보이는 시꺼먼 산. 어머나! 산 뒤편에 불이라도 났나? 해가 뜨는 건가? 빨갛게 물들어 산은 더 새까맣게 보이네요. 또다시 가슴이 두근두근거려요.

산을 넘으니, 와! 와! 여기는 하늘에서 별들이 죄다 넘어온 별천지네요. 낮보다 더 밝은 세상, 어느 커다란 집 앞에 섰어요. 여기가 호텔이래요. 자르륵자르륵… 수도 없이 많은 기계 앞에 사람들이 앉아서 쟈르륵쟈르륵… 새아저씨 친구가 말합니다.

"이놈아. 지금이 어느 때라고 이런 걸 들고 와! 미친놈! 옛날 고래쩍 마술이냐고… 버려 버려."

아저씨는 두말없이 나를 버리고, 나와는 만난 적도 없다는 듯이 어디론가 사라집니다. 첨에는 홍수처럼 밀리는 사람 구경과 시끄러운 음악소리에 취했다가 점점 무서워졌어요. 새벽이 오나 봐요. 주위가 점점 환해지고, 거리에 사람이 줄고, 별빛도 하나씩 꺼져가네요.

바람에 날리는 음식 찌꺼기와 종잇조각들… 추위와

무서움에 나는 날개 밑에 머리를 박고 배고픔과 추위를 달래고 있었지요. 쇼 무대에서 재주를 부리고 박수를 받는 건 꿈이었나 봅니다.

서서히 아침이 오는가 싶은데 이 도시는 유령의 도시인지 불도 다 꺼지고, 사람도 없어요. 어제 밤에 그 많던 사람들은 다 죽었나 봐요. 나도 죽은 듯이 먼지 바람 속에 꼼짝도 안 하고 있었지요.

그때 어떤 작은 손이 나를 번쩍 들고 길가에 있는 자동차로 가서 차를 타자마자 말해요.

"아빠! 빨리 가요. 빨리. 빨리."

여섯 살 정도 보이는 백인 녀석은 나를 훔쳤다고 생각하나 봅니다. 휴!!! 살았다. 이 가족은 휴가 차 베가스에 왔다가 엘에이로 간답니다. 나는 친구도 생겨 다시 태어난 기분이구요

그런데 이 기쁨도 잠시… 녀석이 나를 '갑질'로 괴롭히기 시작합니다. 장난감처럼 주물럭거리는 건 그래도 참을 수 있는데, 억지로 내 입을 벌리고 씹던 껌을 밀어 넣는가 하면 날개를 쫙 펴서 부채질을 합니다. 눈을 까집고 침을 뱉고, 지 손가락에 내 발가락을 걸고 연한 발가락이 피가 나도록 찢어요. 나는 여기서 벗어나지 못하면 죽을 것만 같아요.

갑자기 갑질녀석이 소릴 치네요

"아빠. 엘에이 다 왔어. 다운타운이네! 뭐 좀 먹어요, 배고파 죽겠어."

일행은 어느 가게 앞에서 차를 세우고 모두 내립니다. 창문은 쬐끔 열어놓고요.

내가 살길은 지금이다. 도망치자. 빨리… 나는 몇 번이나 실패하고 자동차 창문을 겨우 빠져나왔어요, 뒤뚱거리며, 푸드덕거리며 죽을 힘을 다해 자동차와 멀리 가려는데 힘이 없어 어느 쓰레기통 옆에 쓰러지고 말았어요. 쓰러진 순간 아리랑아저씨 생각이 뚜렷하게 나네요. 친구에게 나를 넘기고 울며울며 걸어가던 초라한 등. 그 뒷모습이 가슴을 후벼 팠습니다. 바로 정신을 잃었어요. 몇 날 몇 밤을 잤을까요? 내가 죽었을까요?

"야! 인마!! 은비야! 일어나. 어서 일하러 나가자. 인마! 정신 차려!"

아! 아저씨! 우리 아리랑아저씨! 나를 데리러 왔다. 눈을 번쩍 떴지요. 사방은 눈을 꼭 감은 것처럼 깜깜해요. 그런데… 그런데 말입니다. 어디선가 귀에 익은 음악소리가 나를 깨웠나요? 그래요. 기타소리와 "처

엉청 하아늘에 벼얼들도 많고… 다르릉 다르릉…" 그
래요. 그래요. 아리랑아저씨 목소리! 기타소리! 분명
나를 데리러 온 우리아저씨. 나는 죽을힘을 다해 그
소리를 향해 깜깜한 속을 다리를 끌며, 뒹굴며, 뒹굴
며, 푸덕거리며 갑니다.

"아저씨! 아저씨! 가지 마. 가지 마. 거기 있어. 내가
갈께. 아저씨. 우린 이젠 절대로 떨어지지 말자. 아저
씨 모두 내가 잘못했어. 아저씨!"

나는 그 소리를 따라 무작정 갔어요.

나는 밤보다 더 검은 물체에 부딪쳐 넘어졌습니다.
그 물체는 사람인데 산처럼 큰 덩치에 길을 가로막고
앉아 무슨 악기 같은 물건을 두드리고 있어요. 나는
그만 그 무릎에 누워 정신을 잃어버렸네요.

"어라! 이게 뭐야? 요놈 봐라. 꼼지락거리는 걸 보
니 살아있네?"

나는 그 소리에 깨어났지요. 집채만한 그 얼굴을 보
니 덜컥 겁이 났어요. 까만 피부에 커다랗게 쌍꺼풀
진 눈, 짙은 수염이 얼굴을 반을 차지하고 있어요. 무
서워요. 수염아저씨는 부시시 일어나더니 나를 들고
어디론가 갑니다. 공중 화장실이었어요. 나를 화장실
에 있는 비누로 온몸을 씻고, 또 씻고 헹굽니다. "에이

더러워 어디서 이렇게 고생을 했니?" 하면서요. 수염 아저씨가 말합니다.

"아, 조금 전만해도 흙빛이던 거지새끼가 이렇게 은 빛이 됐네. 그놈 참 이쁘네."

그 소리를 들으면서 나는 또 스르르 잠이 듭니다. 수염아저씨는 멕시코 사람으로 길거리에서 떠돌며 사는 거지랍니다. 아저씨는 덩치가 크기도 하지만 헌 옷과 헌 담요를 겹겹이 둘러메고 다녀서 꼭 집채만큼 커요.

엘에이의 아침은 왁자지껄한 생동감으로 시작합니다. 밤과 낮이 바뀐 베가스와는 정반대네요. 유난히 많은 비둘기와 길에서 사는 거지들… 바쁘게 달리는 자동차, 장사를 시작하는 사람들….

장사를 시작하는 사람들을 위해 길에서 사는 거지들 은 자리를 비켜주나 봐요. 나는 이 도시에서 또 새 희 망과 새 꿈을 꾸어봅니다. 개운한 몸으로 수염아저씨 의 손 안에서 하릴없이 거리를 왔다갔다 하다가 끼니 때면 햄버거나, 타코 같은 걸 주니 배도 고프지 않고 잠자리도 아저씨 배에서 자니 편안합니다. 그런데 수 염아저씨는 몹시 심심한가 봅니다. 날마다 길을 걸으 면서 나를 입에 넣고 질겅질겅 씹는가 하면 하늘 높이 던졌다가 입으로 받아요. 수염아저씨의 입안에서 나는 냄새는 견딜 수가 없어요.

이곳은 어둠이 오기 시작하면 사람들은 하나씩 빠져 나가고 그 자리를 길거리 사람들이 차지하니 유령의 도시가 되네요. 강아지만한 쥐들과, 길고양이와, 노숙자들… 베거스와는 완전히 반대이지요.

나는 또다시 여기를 빠져 나가고 싶어요. 내 꿈이 완전히 사라졌기 때문입니다. 그러던 어느 날이었어요. 그 날도 길을 가다가 수염아저씨가 나를 높이 하늘로 던졌는데 그만 신호등에 걸렸어요. 나는 옳다 됐다. 하고 신호등 안으로 몸을 피했어요. 아저씨는 내가 떨어지기를 기다리는지 한참을 위를 쳐다보고 있다가 아무 일도 없었다는 듯이, 마치 나를 만난 적도 없었다는 듯이 어슬렁거리며 가버렸습니다.

나는 한참은 따뜻한 신호등 안에서 편안하게 지냈어요. 편안하니까 우리 아리랑아저씨 생각이 절로 나네요. '처엉청 하아늘에 벼얼들도 많고. 우리내 가슴에 한숨도 많네. 다르릉 다르릉…' 이 나라에 오지 말 걸 후회가 막심해요. 가난하지만 아리랑아저씨와 사는 것이 행복했다는 생각뿐입니다. 신호등과 가로수 사이에 전깃줄이 있습니다. 다운타운의 새들의 쉼터인

정해정

가 봐요. 그런데 이상한 것은 전깃줄에 앉아 쉬는 비둘기들이 발가락이 거의 다 뭉그러졌어요. 발가락이 하나 있는 놈. 두 개 있는 놈….

그 가운데 회색비둘기가 말합니다.

"쳇! 나는 말야 오늘아침에 저쪽 아파트 베란다 구석에 알을 품었더니 주인여자가 욕을 하면서 물을 끼얹고 빗자루로 싹싹 쓸어버렸어. 알도 잃고… 사람들은 너무해!!!"

"근대 말야 맘씨 고운 사람도 있어. 시청 앞 광장에 어느 할머니가 오후 3시만 되면 팝콘을 나누어준대. 우리 거기 가볼래?"

어느 날 아침. 나도 줄 위에 나와 쉬고 있는데 자주색 비둘기가 말을 겁니다.

"야! 꼬마야. 넌 첨 보는데 어디서 왔니?"

"나? 서울에서 왔단다."

"응? 서울이 어딘데?"

"중국 밑에 있는 코리아라고, 88년도에 올림픽을 열었지. 그리고 내 이름은 은비이고. 나는 마술사란다."

"하하 우습다. 니까짓 게 무슨 마술사?"

다른 비둘기들도 모두 까르르 웃네요. 기가 죽어 있는데 전깃줄 아래서 갑자가 "끼익!!" 하는 소리가 나서 내려다보니 지나가는 자동차에 비둘기가 피를 흘리며 죽어 있네요. 나는 생각했어요. 아아! 저렇게도 죽는구나. 꿈도 없고, 고향으로 돌아갈 희망도 없고… 나도 저렇게 죽어버릴까? 배가 고파요.

먹고 죽은 귀신은 때깔도 곱다고, 일단 비둘기들을 따라 시청 앞 광장으로 갑니다.

거기에는 할머니가 빵 부스러기와 팝콘을 뿌려주고 있네요. 언제 소문을 들었는지 몇 백 마린지 모르는 비둘기 떼가 광장에 가득 모여 맛있게 콕콕 밥을 먹고 있어요. 그런데 참으로 희한한 일이 내 눈에 들어왔네요. 내 옆 비둘기는 장님이고요. 그에게 쉼 없이 먹이를 날라다 주는 비둘기는 발가락이 하나도 없는 꼭 목발을 짚은 것 같은 장애 비둘기네요.

나는 생각합니다.

나는 보기 드문 은색 옷과, 이중에서 제일 미인이요. 더구나 발가락도 모두 성하고, 남이 못 가진 특별한 재주를 가졌고… 그런데 스스로 죽어버리다니? 말도 안 돼. 말도 안 되지. 말도 안 되고말고.

나는 옆으로 살짝 빠져나와 날개를 부채처럼 좌악 펴고 발가락으로 땅을 짚고, 발레리나처럼 비잉 돌아봤어요. 어머! 되네요. 나는 돌아와 전깃줄에 앉아서 발가락을 줄에 걸고 빙빙빙 돌아봤어요. 꼭 바람개비 처럼요. 어머! 되네요. 나도 얼마나 신기한지 놀라고, 함께 있던 비둘기들도 놀라고, 길 가던 아이 몇 명도 놀라 위를 쳐다봐요.

그래요! 나도 누구에겐가 기쁨을 줄 수 있다는 것. 이 작은 가슴이 터질 것 같은 행복입니다.

다음날 아침 근처 초등학교 앞을 갔지요. 거기도 전 깃줄이 있으니까요. 전깃줄에는 누군가 새 운동화를 걸어 놓았어요. 첨에는 그 운동화 속에 들어가 그네를 탔어요. 그러나 그네는 사람들 눈에 띄지 않아 재미없 어 포기하고, 맨몸으로 날개를 좌악 펴고 돌고, 길가 에 버려진 헝겊을 물고 돌고, 아이들이 버리고 간 장 난감을 물고 돌고… 시들지 않은 장미 한 송이 있었으 면 좋겠네요.

점점 아이들 관객이 모여들기 시작하고, 아이들을 데리러 온 학부형들도 신기하게 관객이 되었어요. 빙 빙빙 돌고. 환성과 박수를….

아!아! 나는 새로운 꿈을 가졌네요. 나는 날마다, '처엉청 하아늘에 벼얼들도 많고. 이내 가슴에 한 숨도 많네… 다르릉. 다르릉…' 소리를 따라 천사가 되어 하늘을 날아오릅니다. 아리랑아저씨는 웃으며 나를 또닥여 줍니다.

"그래. 그래 잘했다. 은비야, 은비야! 잘했고말고. 나는 너를 믿었단다. 잘했고말고. 내 아가 은비야. 내 새끼 은비야!"

해님도 빙그레 웃고, 구름도 빙그레 웃고, 바람도 빙그레 웃었습니다. ✤

정해정

디아스포라 작가들

장소현 | 스스로를 예술잡화상이라 하셨는데 어떤 삶의 현장을 그려야 장 선생님의 생을 엿볼 수 있을까요? 답 대신 알 수 없는 미소가 선생의 미간을 스쳐 지나갔다. 나는 그 웃음의 답을 읽고 눈이 아득했다. 묘한 이심전심이다 싶을 때, 우리 사이 투명한 막이 내려졌다. 환히 서로의 속내가 비춰 보였다. 아, 비로소 나는 안다는 느낌에 다가갔다. '오로지 미소는 웃음일 뿐 설명이 섞이지 않는다!' 그 순수, 선생의 문학고물상은 사람 생각을 넓히고 넓혔다. 미간의 미소가 중생과 부처를 통시적으로 관통하는 공空의 세계를 열어 보이는 것이다. 열린 미소의 세계에서 나는 네 개의 점을 보았다. 흙 물 불 바람의 비상을.

곽설리 | 선생님은 시, 소설, 그림을 함께 하십니다. 어느 쪽에 마음이 더 실립니까? 마음이 무게가 없어서 그것들은 더 실린다, 덜 실린다 말하지 않아요. 그러니 알 길이 없지요. 그렇긴 하지만 가끔 시가 시시해서 울고, 소설이 작고 작은 이야기다 싶어 울음을 꾹꾹 눌러 참다가 그 울음 형상을 그려 놓은 추상화를 보고 웃지요. 울음이 웃음이 되는 노래를 위해 나는 첼로를 끌어안기도 해요. 아, 음악까지 하신다구요. 역시 그대로 예술의 생이세요. 추상인 내가 실상인 나를 보며 웃고, 실상인 내가 추상인 나를 보며 미소 짓는.

김영강 | 우리말 우리글의 맛과 색깔을 아시나요? 언제 어디서나 누구에게든 물어 왔던 물음을 내려놓았어요. 어디다 내려놓았냐구요? 나의 작은 모국어의 글 정원에요. 말 씨앗, 글 씨앗을 뿌린 정원에 말 나무, 글 나무가 제법 자랐습니다. 이제 정원을 거닐면 우리말, 우리글은 색깔별로 향을 뿜어냅니다. 거기에 말 나무, 글 나무들의 아홉 품사 노래에 귀가 즐겁습니다. 한글나라 우리 젊은 별들 세계를 넘나들며 우주의 은하에서도 빛납니다. 그들의 이야기를 한글로 쓸 수

있는 나를 나는 사랑합니다.

정해정 | 선생님은 천연한 아이들 마음을 글로 쓰고 그림으로 그립니다. 동화 작가는 아이와 어른이 하는 이야기를 그림으로 그려낸다지요. 참말로 부러워요. 목포가 고향이시다구요. 항구가 고향이셔서 태평양을 건너셨군요. 유달산은 지금도 그때의 유달산이에요. 십 년이면 강산도 변하는데 떠나온 지 많이 오래라서 믿기지 않는다구요. 그렇습니다. 믿기지 않음을 믿는 그 선생님의 마음이, 어른과 어린이가 함께 읽는 동화를 쓰게 하시는가 봐요. 성모님의 모성으로 쓰는 동화, 참 소설 기대합니다.

이 명상 인터뷰가 글벗동인 작가님들의 글에 누가 되지 않기를 바랍니다. ✤